이리저리 헤매도
괜찮습니다

이리저리 헤매도 괜찮습니다

마흔이 두려운 당신에게 꼭 해주고 싶은 이야기

초 판 1쇄 2025년 01월 08일

지은이 정선애, 권혁운, 그리픈, 강연미, 김진수, 최서영, 민초쌤, 나래
펴낸이 류종렬

펴낸곳 미다스북스
본부장 임종익
편집장 이다경, 김가영
디자인 임인영, 윤가희
책임진행 김요섭, 이예나, 안채원, 김은진, 장민주

등록 2001년 3월 21일 제2001-000040호
주소 서울시 마포구 양화로 133 서교타워 711호
전화 02) 322-7802~3
팩스 02) 6007-1845
블로그 http://blog.naver.com/midasbooks
전자주소 midasbooks@hanmail.net
페이스북 https://www.facebook.com/midasbooks425
인스타그램 https://www.instagram.com/midasbooks

ISBN 979-11-7355-000-3 03810

값 19,000원

마흔이 두려운 당신에게 꼭 해주고 싶은 이야기

이리저리 헤매도 괜찮습니다

정선애

권혁운

그리픈

강연미

김진수

최서영

민초쌤

나 래

미다스북스

4장

마흔의 생각,

변화를 갈망하며 생각을 바꾸다 _강연미

5장

마흔의 전환,

가장자리에서 매 순간을 살다 _김진수

6장

마흔의 혼란,

그 속에서 피어난 성장 _최서영

7장

마흔의 도전,

내 삶의 GPS를 다시 세팅할 때다 _민초쌤

8장

마흔의 열중,

비행을 위한 도움닫기의 시간 _나래

프롤로그

방황을 넘어, 실천으로,
그리고 성장으로

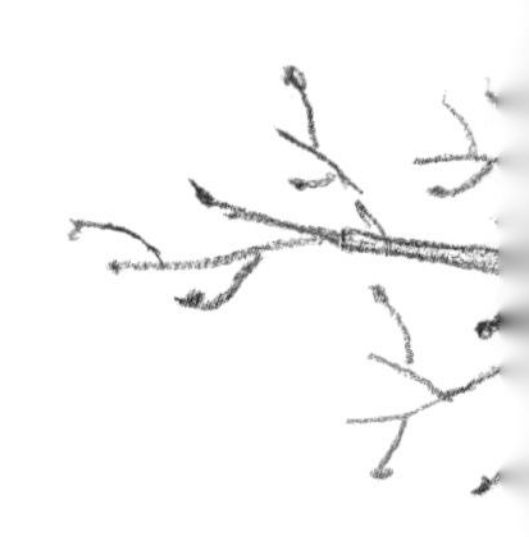

40대는 참 애매한 나이입니다. 젊은 날의 패기는 약해지고, 그렇다고 인생의 지혜가 완성된 것도 아닌 과도기죠. 젊은 세대에게는 '아재'나 '아줌마' 소리를 듣기 시작하고, 선배 세대에게는 아직 배울 게 많은 후배일 뿐입니다. 20대와 30대에는 '언젠가 이루겠지' 하고 미뤄둔 꿈들이 40대에 와서는 조금씩 현실의 벽 앞에 부딪힙니다. 그런 고민이 우리 8명을 모이게 했습니다.

'부가세', 많이 들어 보셨죠?

어쩐지 세금 같기도 한 이 단어는 사실 '부부 작가의 세계'의 약자입니다. 이 모임은 글을 읽고 쓰는 걸 좋아하는 부부 작가가 시작했습니다. 하지만 세금처럼 부담스러운 건 아닙니다. 오히려 글과 대화를 통해 우리의 인생을 풍요롭게 하는 데 그 목적이 있습니다. 저희 부가세 회원은

모두 40대로 매달 책을 한 권 선정하여 읽고 이야기를 나누었습니다.

1년 동안 다양한 책을 읽고 대화하다 보니 각자의 인생에 대한 고민과 성찰이 자연스럽게 모였습니다. 그리하여 우리는 40대의 인생에 관한 책을 써보기로 의견을 모았습니다. 그리고 마침내, 40대의 방황, 실천, 그리고 성장을 주제로 한 에세이를 완성하게 되었습니다. 이 책은 각기 다른 배경과 직업을 가진 여덟 명의 이야기를 엮어 낸 결과물입니다.

사람은 누구나 방황합니다. 부가세 회원들 역시 저마다의 방황을 경험했습니다. 어린 시절의 상처, 직장에서의 고민, 가족과의 관계, 개인적인 성취와 실패 등 크고 작은 이유가 회원들을 흔들었습니다. 자신을 탓하며 우울증에 빠진 회원, 살아남기 위해 일 중독에 빠진 회원, 육아나 업무에 몸과 마음이 소진된 회원, 모두 '내가 제대로 된 인생을 사는 것인가?'라는 물음을 던지며 회의와 절망에 빠지기도 했습니다.

하지만 이 책의 저자들은 방황 속에서도 길을 찾기 위한 노력을 포기하지 않았습니다. 방황은 방향을 잃었다는 뜻이 아니라, 새로운 방향을 모색하는 과정이라는 걸 깨달았죠. 이 책에는 그러한 방황의 순간들이 진솔하게 담겨 있습니다.

방황의 출구는 결국 실천입니다. 그런데 실천은 쉽지 않습니다. 대개 새로운 것을 시작할 때 우리는 거창한 계획부터 세우곤 하죠. 새벽에 일어나 영어 공부하기, 매일 헬스장에 다니기, 유튜브 채널 만들기 등. 하지만 그런 계획이 얼마나 빨리 무너지는지 누구나 경험해 보셨을 겁니다.

그래서 우리는 구체적이고 실현 가능한 목표부터 시작했습니다. 100일 동안 책 33권을 읽거나 아침 일찍 일어나 자신에 대한 글을 썼습니다. 어떤 회원은 마음속에 묻어두었던 꿈을 이루기 위해 새로운 직업에 도전했습니다. 다른 회원은 몸과 마음의 건강을 위해 운동을 시작했습니다.

결국 가장 중요한 것은 실천을 꾸준하게 이어 가는 것이었습니다. 매일 이어 가는 실천이 어떻게 우리의 삶에 긍정적인 변화를 가져왔는지, 그리고 그 과정에서 느낀 기쁨과 희망에 대해 담담하게 풀어냈습니다.

시간이 지나 되돌아보니, 방황과 실천은 결국 성장의 씨앗이었습니다. 성장이란 거창한 성공이나 눈부신 성취를 의미하는 게 아닙니다. 우리에게 성장은 어제보다 조금 더 나은 나를 만들어 가는 꾸준한 과정이었습니다. 때로는 실패도 했고, 중간에 포기하고 싶어진 순간도 많았습니다. 하지만 중요한 건 다시 시작했다는 것입니다. 글을 쓰면서 깨달은 점은, 우리가 매일 느끼는 작은 변화들이 결국 우리를 더 나은 곳으로 이끈다는 것이었습니다.

이 책은 각기 다른 8명의 이야기를 통해, 성장이라는 과정이 얼마나 다채롭고 다양한 모습으로 나타나는지를 보여 줍니다. 그리고 그 이야기를 통해 독자 여러분도 자신의 성장 과정을 돌아보고, 앞으로 나아갈 용기를 얻길 바랍니다.

글은 참 신기한 힘을 가지고 있습니다. 머릿속에서 어지럽게 흩어져 있던 생각들이 글로 고정되는 순간, 그것은 체계가 되고 하나의 이야기로 완성됩니다. 친구와의 술자리에서 혹은 차를 마시며 하는 대화는 정돈되지 않은 감정에 노출되기도 하고 쉽게 휘발될 수밖에 없습니다. 그러나 글을 통해 다른 사람의 인생을 접하면 정돈된 생각을 만날 수 있고 깊게 되새길 여유가 충분히 있습니다. 이 책은 40대를 살아가는 모든 이들에게 보내는 공감의 손길이자, 실천을 위한 작은 동기입니다. 우리의 이야기가 독자 여러분에게 '나도 한번 해 볼까?'라는 생각을 불러일으킨다면, 이 책의 목적은 충분히 이루어졌다고 생각합니다.

우리 이야기 속에 담긴 방황과 실천, 그리고 성장을 따라가 보세요. 감동과 웃음, 때로는 위안도 느낄 수 있을 것입니다. 당신의 여정을 위해 우리가 준비한 이야기를 기쁘게 전해드립니다.

우리 이야기가

당신 성장의 씨앗이 되기를 바라며,

권혁운

1장

마흔의 방황, 나답게 살기 위한 날갯짓

정선애

- 투명 인간으로 살아남기
- 마흔, 꿈을 향한 나빌레라
- 미완성이지만 나답게 걸어갑니다

마흔이 되어서야 알았다.
실패가 내 삶의 디딤돌 되었다는 것을.
매일 내면이 1cm씩 성장하는 근사한 어른이 되기 위해
오늘도 나답게 걸어간다.

투명 인간으로 살아남기

"성공하는 사람은 방법을 찾고 실패하는 사람은 핑계를 찾습니다.
자신을 구할 수 없는 것도 자신이고 자신을 구할 수 있는 것 또한 자신입니다."
- 버락 오바마

'내가 뭘 잘못 했을까?'

내 머릿속은 온통 이 질문으로 가득했다. 매일 밤 울다가 지쳐 잠이 들었다. 열다섯 가을, 나는 갑자기 투명 인간이 되었다. 함께 놀던 네 명의 친구들이 하루아침에 어떤 설명도 없이 나를 피했다.

나는 일명 '은따'였다. 점심 때 도시락을 먹던 시절이었는데 넷이 홀연히 사라져서 나는 혼자 밥을 먹어야 했다. 눈도 마주치지 않고 모든 시간 나를 철저히 제외했다. 내가 다닌 학교는 여중에다가 이미 함께 노는 그룹이 다 정해진 2학기였기 때문에 그 여파는 정말 컸다. 어디에도 낄 수 없는 완전한 외톨이였다. 모둠 활동을 해야 할 때가 가장 난감했다. 그래도 몇몇 친구들이 가끔 끼워 주긴 했지만 집을 잃은 오리 새끼처럼 나는 이곳저곳을 기웃거리며 애써 침착한 척했다.

나와 눈은 마주치지 않으면서 내 행동을 주시하고 싸늘한 눈빛을 보내는 아이들. '어디서부터 잘못된 걸까?' 수업 시간에도 눈물이 차올라 꾹 참느라 애를 썼다. 시간이 흐를수록 나에 대한 비난과 자책이 커졌다. 세상에 쓸모없는 인간이 된 것 같았다. 아무에게도 말하지 못한 채 힘겹게 하루하루를 버텼다. 그 상황에서 벗어날 방법을 찾고 싶었다.

그때 처음으로 죽음을 생각했다. '지옥에 가더라도 지금보다 낫지 않을까?' 하는 생각도 했다. 너무나 힘들어 잠이 오지 않은 밤, 어떻게 죽을지 계획을 세웠다. 장소와 방법까지 구체적으로 떠올리며 머릿속으로 시뮬레이션을 돌렸다. 그렇게 하면 모든 것이 끝날 수 있다는 확신이 들었다.

억지로 학교에 갔지만 그곳은 내게 지옥이었다. 대놓고 괴롭히지 않는 침묵의 따돌림이 나를 병들게 했다. 그런데 며칠 뒤 유명 여자 연예인이 내가 상상했던 방법으로 목숨을 끊은 소식을 들었다. 나는 그만 자리에 털썩 주저앉았다. 온몸에 소름이 돋았던 기억이 아직도 생생하다.

다행히 학기가 끝나갈 때쯤 그 아이들은 미안하다며 다시 내게 손을 내밀었다. 나는 그 사과를 받아들였다. 그들은 나의 이중적인 모습에 실망했다고 했다. 분명 나의 잘못이 있어서 그랬겠지만 나는 그 아이들이 너무 무서웠다. 겉으로는 괜찮은 척 겨울방학을 맞이했고 그 후로는 그들과 함께하는 일은 없었다. 몇 달간 친구 없이 지냈던 시간이 내게 너무나 큰 상처로 남았다. 자존감은 바닥을 쳤다. 친구를 사귀는 게 두려웠다. 하지만 살고 싶었다.

다시 봄이 찾아왔고 나는 중학교 3학년이 되었다. 새 학기의 설렘보다 어떻게 새 친구를 사귈 수 있을지 걱정이 앞섰다. 수학 시간에 선생님이 수준별로 짝을 정해 주셨는데 내 옆에 앉은 아이는 학교에서 처음 보는 얼굴이었다. 그땐 그 친구가 나의 평생지기 친구가 될 줄은 꿈에도 몰랐다. 유쾌하고 밝은 그 아이 덕분에 내 마음이 서서히 회복되었다.

그리고 우린 열성적인 한 친구를 따라 함께 교회에 갔다. 무척 내성적인 나였지만 마음을 나눈 친구와 함께 갔기 때문에 용기를 낼 수 있었다. 따뜻함과 웃음이 가득한 교회는 내 마음을 편안하게 해 주었다. 어느덧 우리는 교회 생활에 적응했고 사람들 앞에서 노래와 율동도 했다. 친구들과 함께하는 것이라 쑥스러워도 해낼 수 있었다. 그런 경험이 쌓여갈수록 조금씩 재밌어지고 새로운 것을 도전하기 시작했다.

교회에서 나는 인정과 사랑을 받았다. 나의 작은 행동에도 교회 어른들이 '잘한다, 예쁘다.' 말씀해 주시니 몸 둘 바를 몰랐다. 그때야 비로소 모든 사람은 존재 자체로 소중하고 존중받아야 마땅하다는 것을 깨달았다.

어느 날 교회 선생님께서 중고등부 예배 주보를 만드는 문예부를 하자고 제안해 주셨다. 글이라고는 일기 쓰기와 학교 숙제만 해 본 나였지만 선생님께 귀염을 받고 싶어서 그냥 하겠다고 했다. 문예부에서 일하면서 내가 얼마나 바뀔지는 상상도 못했다. 매주 예배 순서와 광고, 우리의 이야기를 글로 써 내는 일이 내 적성에 딱 맞았다. 자유롭게 쓴 글이 많은 사람에게 읽히는 것을 보니 뿌듯했다. 내가 무언가 중요한 역할을 하고 있다는 것이 나를 다시 살아나게 했다.

교회에서는 매년 다양한 행사가 있었다. 찬양대회, 성경 암송대회, 크리스마스 공연, 친구 초청 잔치 등 수많은 행사에 나는 적극적으로 참여했다. 성가대와 유치부 보조교사까지 내가 할 수 있는 봉사도 하면서 나는 점점 용기와 자신감을 채워 갔다.

특히 가장 기억에 남는 일은 고등학생 때 크리스마스 행사를 위해 연극을 한 사건이다. 사건이라고 표현한 이유는 내가 연극의 극본을 직접 썼기 때문이다. 세상에나! 어떻게 이런 일이!

학생회가 연극을 해야 하는데 교회 선생님께서 나에게 직접 연극 극본을 써 보라는 제안을 주셨다. 무슨 배짱이었을까? 나는 덜컥 그 제안을 받아들였고 교회 동생과 함께 아이디어를 모아 신나게 써 내려갔다. 그때 난, 마치 베스트셀러 작가처럼 열정적으로 작업을 했다. 우리 연극의 주제는 내 이야기였다. 그 당시 교회를 다니면서 학교 성적이 점점 떨어지는 바람에 부모님의 염려가 커졌고 결국 교회 다니는 것을 반대하는 지경에 이르렀다. 그런 배경을 바탕으로 하나님을 알지 못하는 가족들이 믿음을 갖게 되는 과정을 연극 속에 담았다. 내 이야기를 극본으로 만들다 보니 눈물이 많이 났다.

한창 공부할 시기에 난 엄청난 딴짓을 했다. 하지만 그 시간 덕분에 비로소 스스로 해내는 기쁨을 알게 됐다. 그렇게 완성된 대본을 가지고 고등부 아이들과 연습하고 의상 준비와 분장까지 모든 준비를 마칠 수 있었다.

시작부터 끝까지 최선을 다한 우리의 연극은 단연 최고의 칭찬을 받았다. 감동하여 눈물을 흘렸다고 안아 주시는 권사님과 집사님들. 대학은 연극영화과로 가라고 너스레를 떠는 선배들의 응원도 너무나 기뻤다. 이 연극을 보러 꼭 와주었으면 했던 가족은 한 사람도 오지 않았지만, 스스로에게 칭찬을 해 줬다.

그 뒤로 나는 내가 지닌 장점들을 하나둘 발견하기 시작했다. 예전에는 웃는 게 습관적이었다고 생각했지만, 이런 미소도 자연스럽게 나올 수 있다는 것에 감사했다. 내 미소가 따뜻해서 좋다는 사람들의 말이 진심이라는 걸 받아들이게 됐다. 작고 힘이 없었던 목소리에도 점점 힘이 생기고 사랑스럽고 부드러운 말투를 지녔다는 것도 새삼스레 발견했다.

나는 사람들의 칭찬과 관심 덕분에 텅 비었던 내면을 따뜻함으로 채우게 됐다.

무엇보다 내 존재의 의미를 깨달아 꿈과 희망이 마음속에 싹트게 됐다. 거울을 보면 못나 보이던 나에게 가끔은 칭찬도 했다. '그래, 나도 괜찮은 사람이야.' 다정한 목소리로 나에게 들려줬다.

실수와 실패가 나를 망치는 줄 알았는데 오히려 나를 더 단련시켰다는 걸 이제는 안다. 내 삶에서 일어나는 모든 일들이 의미가 있다는 것도. 내가 중2 때 따돌림을 당하지 않았다면 사람을 존중하고 사랑하는 일을 하찮게 여기지 않았을까. 힘든 고비를 넘기고 새롭게 만난 성숙한 사람들을 통해 받았던 환대와 사랑 덕분에 닮고 싶은 롤모델이 생겼다. 문예부 활동하면서 글쓰기를 즐겼다. 신앙생활을 하면서 리더가 되어보고 섬김의 삶을 배워 갔다. 그렇게 난 한 걸음씩 발전해 갔다.

살면서 열다섯 살 때만큼이나 힘든 사람들을 만났고 그때마다 고꾸라지고 울고불고 난리를 피우기도 했다. 그런데도 나는 이전과 다른 선택을 할 수 있었다. 흔들리고 넘어져도 일어설 힘이 내 안에 생겼다.

어느덧 무르익은 마흔이 되었다. 조금은 능글맞고 뻔뻔한 아줌마가 되고 보니 모든 게 내가 겪어야만 했던 일이란 생각이 든다. 지금은 여전히 부족하고 연약한 내가 좋다. 잘 울고 잘 웃는 내가 사랑스럽다.

이제는 때때로 찾아오는 어려움도 인생의 약이 되는 줄 안다. 투명 인간으로도 살아남았는데 까짓것 못 넘을 산이 어디 있겠나 큰소리도 쳐본다. 살아 있는 한 방황한다고 하지 않았던가. 무르익어 가는 마흔이라서 좋다.

마흔,
꿈을 향한 나빌레라

"한 분야에서 무엇이든 위대한 일을 이룬 사람들에게는 인정할 수밖에 없는
그 무엇이 있다. 그것은 자신의 꿈에 대한 사랑이다."
- 조성희

꼬물꼬물 기어가서 가장 새파란 잎을 야금야금 먹는다.

'싱싱한 잎이 맛도 좋네. 이걸 먹으면 나도 멋지게 변하겠지?'

초록 잎을 열심히 갉아 먹어도 몸에 아무런 변화가 없다. 다시 자리를 옮겨 옆에 있는 노르스름한 잎을 먹어 본다. 이것도 소용이 없자 멀리 떨어져 있던 짙은 녹색 잎도 먹어 본다.

'퉤퉤퉤. 맛없어. 도저히 못 먹겠다.'

나는 온몸이 쭈글쭈글한 볼품없는 애벌레다. 이리저리 하염없이 돌아다니며 멋진 나비가 되는 마법의 잎을 찾아 헤맨다. 하지만 이런 노력에도 아무런 변화가 없다.

몇 년 전까지 나는 한 마리의 애벌레였다. 스무 살 때는 큰 꿈을 가슴에 품고 훌륭한 선생님이 되겠다는 다짐 하나로 쉬지 않고 달렸다. 공부와 배움의 자리, 그리고 교육 현장에서 열정을 불태우며 내 몫을 잘 감당하고 있다고 생각했다. 그러다 한 사람을 만나 결혼했고 아기를 낳으면서 꿈을 향한 내 발걸음이 뚝 멈춰 버렸다. 그땐 내게 쌍둥이 아기를 건강하게 기르는 일이 삶의 목표였기 때문이다.

육아하면서 종종 몰려오는 공허함과 미래에 대한 두려움을 애써 외면했다. 다른 사람들은 육아하면서도 자기 경력을 놓지 않고 꾸준히 이어가는데 나는 돌아갈 곳이 없었다. 계약직으로 일했던 터라 또다시 계약직 일자리를 구해야 하는 신세였다. 시간이 흐를수록 자신감이 뚝뚝 떨어졌다.

아이들이 네 살 무렵 어린이집에 보내게 되면서 나는 다시 꿈 탐색에 들어갔다. 애벌레가 나비가 되기 위해 용을 쓰듯 나는 다양한 곳에 기웃거렸다. 난생처음 화장품 방문 판매를 하고 식품도 팔았다. 그때는 단정하게 유니폼을 입고 여성들을 위한 교육과 제품을 제공하는 일이 멋있어 보였다. 한번 좋다고 생각하는 일에 몰입하는 성격인 나는 8개월 동안 열심히 노력해 보았지만, 적자가 눈덩이처럼 불어나 마감할 수밖에 없었다. 아이를 키우면서 짧은 시간 일을 해서 적은 돈이라도 벌고 싶었는데 쉽지 않았다.

다시 전공을 살려서 한시적 기간제로 하루 6시간 근무하는 보조교사로 채용됐다. 아이를 낳고 교육 현장에 돌아오니 이전과는 완전히 색다른 기분이 들었다. 내가 맡은 아이들이 내 자식처럼 귀하게 느껴지고 감정이입이 됐다. 여유로운 출퇴근 시간의 일이라서 정말 만족스러운 일자리였다. 하지만 그것도 1년뿐 집안 사정으로 타 도시로 이사 가게 되어 그 일마저도 그만뒀다.

여러 가지 일을 하면서 틈틈이 임용시험을 준비했다. 대학교 4학년 때부터 기간제교사로 일하면서 4번이나 낙방한 시험인데도 미련이 남았다. 미래가 불안한 나로서는 확실한 직업이 필요하다는 생각이 들었다. 예전에는 일하면서 공부했다면 이제는 일, 육아, 공부를 동시에 해야 했다. 새벽 4시에 일어나서 하는 공부는 그리 오래가지 못했다.

'이도 저도 아닌 내 인생. 어느 방향으로 가야 할까? 어디서 무얼 하며 살아야 할까?'

내 앞길은 어두운 터널 같았다.

'끈기가 없는 걸까? 의지가 부족한 걸까? 나도 자유롭게 하늘을 나는 나비가 될 수 있을까?'

고민이 꼬리에 꼬리를 물고 이어졌다. 가슴이 꽉 막힌 듯 답답했다. 아무것도 이루지 못하고 가계에도 보탬을 주지 못하는 내가 한없이 초라해 보였다.

시간이 흘러 아이들이 초등학교에 입학하자 더 이상 쭈그러진 채로 살아서는 안 되겠다는 생각이 들었다. 절망보다 희망에 집중하는 내 장점을 살려 보기로 했다. 나는 쌍둥이를 키우면서 책을 많이 읽어 주었다. 우리의 주요 놀이 장소는 도서관이었다. 도서관에서 빌려 온 책을 거실에 깔아 두고 책과 함께 놀았다.

아이들과 그림책, 동화책을 읽으면서 내 안에서 뭔가가 꿈틀거리기 시작했다. 특히 동화책을 읽어 주면서 이야기를 짓는 일에 매력을 느꼈다. 작가가 마음껏 상상한 것을 글로 풀어내는 일을 나도 하면 어떨까 공상에 빠지기도 했다. 더 이상 미룰 수 없었다. 꿈으로만 가지고 있기엔 너무 아까웠다.

남편을 통해 알게 된 선생님께 도움을 구했다. 동화 쓰는 법을 배운지 얼마 안 된 선생님이 동화를 쓰려면 어떻게 해야 하는지, 몇 매를 써야 하는지 등 그 방법을 상세히 알려 주셨다. 이전부터 쓰고 싶은 소재가 있었던 나는 선생님께 들은 내용을 바탕으로 나만의 동화를 무작정 써 내려갔다. 맞고 틀리고는 나중 문제였다. 우선 써야 하는 분량을 채우는 게 나의 목표가 됐다.

매일 쉬지 않고 상상하고 생각하고 쓰기를 반복했다. 동화를 쓰기 시작한 지 30일 만에 내 생의 첫 장편 동화가 태어났다. 야호! 세상을 다 가진 기분이었다. 내가 동화를 완성하다니! 이건 내가 한 것이 아니었다. 내 작은 신음까지 듣고 계신 하나님의 선물이었다.

어디서 그런 자신감이 나왔을까? 나는 동화 초고를 며칠간 다듬고 큰 고민 없이 출판사에 투고했다. 다시 스무 살로 돌아간 기분이었다. 세상에 첫발을 내딛는 초년생처럼 답변을 기다리는 시간이 무척 설렜다. 투고한 지 3일 만에 한 출판사에서 연락이 왔다. 아이들이 좋아하는 시리즈물을 출간하는 곳이었다. 앞뒤 잴 것도 없었다. 초보 중의 왕초보인 나의 글을 선택해 주셨다니 무조건 오케이였다.

그렇게 나는 좋은 출판사와 다정한 편집자님을 만나서 나의 글을 고치면서 동화다운 동화, 어린이에게 보다 가까이 다가가는 동화를 쓰는 법을 배웠다. 유명한 작가아카데미에 다니진 못했지만, 야생에서 하나씩 부딪혔다. 동화작법서, 소설작법서도 꾸준히 읽고 필기했다. 아이들에게 읽어 준 것보다 더 많은 양의 동화를 읽어 나갔다. 수상작을 읽으면서 동화에 빠져서는 안 되는 것들을 익혔다. 지금도 변함없이 일주일에 그림책, 동화책, 동시집을 골고루 읽으며 노력하고 있다.

내 삶의 변화는 그렇게 시작됐다. 무료하고 허무했던 시간이 동화를 쓰는데 좋은 소재가 됐다. 쓸데없다고 여겨졌던 내 경험들이 모두 쓸모가 있었다. 다양한 경험을 한 것이 다양한 사람들을 이해하는 바탕이 되었고 인물 묘사나 사건설정에 좋은 재료가 되어 줬다. 방황도 고난도 어느 것 하나 버릴 것이 없었다.

어느 날 엄마들을 위한 온라인 강연을 마치고 편안하게 잠을 자는데 꿈속에서 종소리를 들었다. 정확하게 표현하자면 슈퍼마리오 게임에서 슈퍼마리오가 황금 동전을 먹을 때 나는 '띠링' 하는 소리였다. 나는 그 소리를 듣고 자리에 벌떡 일어났다.

'내가 드디어 나비가 되었구나!'

나는 그토록 원했던 나비가 되었다. 화려하지 않아도 자유롭게 날 수 있는 나비. 세상에 귀한 것을 전해 주는 그런 나비가 됐다는 확신이 몰려왔다. 읽고 쓰는 작가로, 나의 이야기를 들려주는 강사로 그렇게 한 발을 내딛게 된 나는 행복한 나비다. 오늘도 작지만 작지 않은 꿈을 향해 힘차게 날아오른다.

미완성이지만
나답게 걸어갑니다

"당신을 여왕처럼 생각하십시오. 여왕은 실패를 두려워하지 않습니다.
실패는 위대함으로 향하는 또 다른 징검다리일 뿐입니다.
그리고 당신이 가진 것에 감사하십시오. 그러면 더 많이 갖게 될 것입니다."
- 오프라 윈프리

20대까지 나에게 책은 숙제 같은 것이었다. 인생에 독서가 중요하니까 책을 읽어야겠는데 중간까지 읽다가 내려놓은 책이 수두룩했다. 머리로는 알지만 즐기지 못한 독서 생활이었다. 그랬던 내가 서른 살에 인생의 전환점을 만났다. 어느 날 선물 받은 도서상품권을 사용하기 위해서 급하게 책을 구매했다. 기한이 얼마 남지 않은 것이라 인터넷 서점에서 인기도서로 추천받은 책을 무작위로 장바구니에 담았다. 공짜로 책을 사니 기분이 좋았다.

며칠 뒤 다섯 권의 책이 집에 도착했다. 그중에 『독서 천재가 된 홍 대리』라는 제목이 눈길을 끌었다. 독서를 잘하고 싶지만 제대로 만족을 느끼지 못했던 내게 이 책이 뭔가 해답을 안겨줄 것 같았다. 첫 장을 넘기고 놀랍게도 나는 한 자리에서 그 책을 끝까지 읽었다. 그야말로 책 속에 빨려 들어간 기분이었다. 책이 내 마음을 사로잡았다. 어쩌면 나도 홍 대리처럼 변화될 수 있겠다는 근거 없는 자신감이 생겼다.

그렇게 나는 운명적인 책과의 만남 이후 한 해에 100권을 읽어 버렸다. 책이 좋았고 글에 담긴 작가의 인생과 철학에서 배울 점이 가득했다. 이전에 책은 의무감으로 읽었다면 이제는 책을 쓴 작가와 데이트를 즐기는 마음이 들었다. 놀라운 변화였다.

책을 읽으면서 내 생각들을 조금씩 기록하기 시작했다. 그렇게 블로그를 하게 되었고 독서 기록을 넘어 일상을 기록하는 일이 습관으로 자리 잡았다. 감사하게도 책을 만났을 때 나에게 새 생명이 찾아왔다. 그것도 둘이 한 번에!

나의 태교는 자연스럽게 독서가 중심이었다. 책 육아를 하기 전 책 태교가 시작된 것이다. 아이들이 태어나고 책을 읽을 시간이 현저히 줄어들었지만, 기록만은 멈추지 않았다. 육아일기로 나의 소중한 일상과 나의 감정을 돌볼 수 있었다. 처음 하는 육아에 많이 지쳐갈 때 또 하나의 책이 나에게 선물로 다가왔다. 언니가 선물해 준 『불량육아』였다. 이 책을 읽고 정말 많은 눈물을 쏟아 냈다. 육아가 왜 힘들었는지 깨달았다. 내 삶에 용기와 희망을 준 '독서'가 빠진 육아는 힘을 잃을 수밖에 없다는 것을.

막 돌이 지난 아기들을 바라보며 내면이 건강한 엄마가 되기로 결심했다. 그때부터 나의 독서 생활은 다시 속력을 냈다. 오롯이 나를 위한 책 읽기였다. 내가 살아보지 못했던 삶을 산 사람들의 자서전과 자기계발서가 내게 큰 위로였다. 육아가 어려울 때는 육아서, 여행을 가고 싶을 때는 여행 이야기, 새로운 자극이 필요할 때는 한 번도 경험해 보지 못한 분야의 책을 손에 쥐었다. 독서의 양이 늘어갈수록 나의 의식은 확장되었고 나의 강점을 살려서 세상에 도움이 되는 삶을 살고 싶다는 소망이 생겼다.

독서를 하면 누가 시키지 않아도 필사가 하고 싶어진다. 그렇게 시작한 필사는 나의 보물 1호다. 필사하다 보니 자연스럽게 글을 쓰는 작가가 되고 싶다는 열망이 생겼다. 그렇게 쓴 나의 첫 책 『진짜 엄마 준비』는 삶의 고백이자 육아 동지를 위한 육아 계발서다. 쌍둥이 키우기도 쉽지 않았을 텐데 언제 책을 썼냐는 질문을 많이 받았다. 나도 신기할 정도로 책을 쓰겠다고 결심하니 새벽 기상이 저절로 됐다. 내가 겪었던 수많은 시행착오를 통해 누군가에게 위로와 도움을 줄 수 있다고 생각하니 글을 안 쓸 수 없었다. 명확한 목표와 간절함이 바쁜 시간을 쪼개어 글을 쓰게 만들었다.

독서와 글쓰기가 결합이 되자 점점 더 긍정적인 마음가짐을 가졌다. 힘든 일이 와도 '이것 또한 나중에 좋은 글감이 되겠지.'라는 생각이 먼저 들었다. 책에서 만난 수많은 사람은 나보다 더 힘든 상황에서도 최선을 다하는데 내가 불평하고 이것저것 재면서 시간을 낭비할 순 없었다.

책을 통해 우리 가족이 모두 건강하게 성장하고 있을 무렵 내게 동화가 툭 하고 떨어졌다. 복덩이가 굴러왔다는 표현이 더 어울릴지도 모르겠다. 초등학생이 된 아이들에게 제법 글밥이 있는 동화책을 읽어 주다 보니 동화의 매력에 푹 빠졌다. 어릴 적 상상 놀이를 많이 했던 나는 성인이 되어서도 잠들기 전 다양한 상상과 생각에 빠지곤 했다. 그 상상력이 동화에서는 가장 필요한 요소였다.

누가 해 보라고 권한 것도 아닌데 나는 동화를 쓰기로 결심했다. 육아서를 썼을 때처럼 분명한 목표를 세우고 앞만 보고 달렸다. 매일 매일 하루도 거르지 않고 글을 썼더니 끝내 마침표를 찍을 수 있었다. 부족한 글이었지만 끝까지 썼다는 사실이 감격스러웠다.

'마음만 먹으면 뭐든 해낼 수 있구나!'

내게 그런 힘이 있다는 걸 다시금 깨달았다. 어떤 잣대로 비교하면서 썼다면 분명 쓰다가 포기했을 거다. 아무것도 모르는 내가 어떻게 동화를 쓰냐고 자신을 자꾸만 낮췄더라면 완성할 수 없었을 거다.

나는 그저 아이들을 위한 즐거운 동화 한 편을 써서 들려주고 싶었다. 묵묵히 그 목표만 생각했다. 이런 나의 간절함이 여러 개의 산을 넘어가게 해 주었고 마침내 동화 작가가 될 수 있었다. 이 모든 것은 온전히 하나님의 은혜다.

어려웠지만 포기하지 않고 끝까지 해낸 경험은 내게 커다란 성취감을 안겨주었다. 첫 번째 동화책 출간 이후 꾸준히 동화를 써서 현재 4권의 책이 세상에 나왔다. 또 4권의 동화책이 출간을 앞두고 있다. 동화책 덕분에 어린이를 만나고 동화를 쓰고 싶은 어른에게 강의하고 있다. 읽고 쓰는 작가로서 살아가는 하루하루가 마치 기적 같다.

남편과 많은 대화를 나누면서 우리가 느꼈던 이 기쁨을 사람들에게 나눠주고 싶었다. 독서와 글쓰기를 통해 인생이 변화될 수 있다는 것을. 매일 똑같은 일상에서 지쳐가는 동료 교사와 학부모들에게 알려 주고 싶었다. 우리가 이렇게 성장했듯이 자신 안에 있는 빛을 발견해서 매일 조금씩 성장하는 삶을 살 수 있도록 말이다.

그래서 우리는 '부부 작가의 세계'라는 모임과 유튜브를 운영하고 있다. 남편과 아내가 작가인 부부 작가. 다양한 분야의 작가님들을 만나서 그들의 삶을 인터뷰하고 있다. 오프라인 모임에서 생각을 나누고 서로 배워가는 시간을 갖는다.

독서, 글쓰기, 강연, 그리고 틈틈이 모임 운영과 촬영, 영상편집까지. 하루 24시간이 모자라지만 긍정에너지로 가득 찬 일상에 감사하다. 무엇보다 우리 부부의 삶을 응원하고 함께 해 주시는 분들께 정말 감사하다. 한없이 부족하지만, 우리의 노력을 칭찬해 주고 본보기 삼고 있다는 과한 격려까지 감개무량이다.

덕분에 우리 부부는 또 일을 내버렸다. 오랜 소원이었던 독립출판사 '책방온'을 시작했다. 이제 막 출발한 사업이지만 앞으로 어떤 변화를 겪고 성장해 갈지 기대된다. 부부 작가와 스쳤던 소중한 분들의 책이 우리 출판사를 통해 출간되는 상상을 해 본다. 여느 책방처럼 누구나 편하게 오가는 따뜻한 공간으로 자리 잡는 그림도 그려 본다. 생각만 해도 행복해서 온몸에 전율이 느껴진다.

마흔이 됐어도 수없이 흔들리고 방황한 나였지만 모든 것이 의미 있는 삶이었다. 그동안 흘린 눈물과 한숨조차 헛된 것이 없었다. 아마도 나는 백발의 할머니가 될 때까지 이렇게 살 것 같다. 나이가 들어도 매일 조금씩 성장해 가며 생기가 가득 넘치는 귀요미 할머니로!

내가 가장 좋아하는 말이 있다.

'어제보다 오늘 1cm 성장합니다.'

남들이 알아차리지 못해도 괜찮다. 내가 나의 성장을 알기에. 마음이 조금씩 넓어지고, 의식이 조금 더 확장되고, 얼굴에 미소 주름이 늘어나면 좋겠다. 나이가 들수록 내면의 힘을 기르는 근사한 어른이 되길 바라며 오늘도 나답게 걸어간다.

나의 때

저마다 다르지만

누구에게나 오지

활짝 피는 때

2장

마흔의 조화, 열심히와 여유 사이에서 균형잡기

권혁운

40대를 함께 살아가는 동료들이여,

지금까지 쌓아 온 경험을 바탕으로 진정 좋아하는 것을 찾아 즐기고,

그 과정에서 성장하자.

그리고 그 성장을 마음껏 누리며 살아가자.

우리가 살아온 경험을 그냥 흘려보내지 말고,

나만의 행복을 찾는 데 소중히 활용하자.

녀석을 만나다:
마음속에 자리 잡은 불청객

"방황은 삶의 한 부분이며,
그 속에서 우리는 성장한다."
- 마야 안젤루

몇 년 전, 나는 내 마음속 깊은 곳에 단단한 무언가가 뭉쳐 있는 것을 느꼈다. 그것은 마치 마음의 입구를 가로막고 서서히 면적을 넓혀가는 존재 같았다. 이 존재는 내 성격에서 비롯되었고, 시간이 흐르면서 점점 더 커졌다. 그 존재는 내 삶에서 여유와 평안을 앗아가고, 대신 불안과 강박감이 자리 잡게 했다. 사실 이 존재를 처음 인식한 것은 10년 전이었다. 하지만 이를 본격적으로 해결하려고 노력하기 시작한 것은 겨우 3년 정도였다. 돌이켜보면 나의 40대는 마음속에 자리 잡은 이 존재를 깨닫고, 그것을 몰아내기 위해 싸운 시간의 연속이었다. 이제는 마음속에 자리한 그 '녀석'에 대해 솔직히 이야기해 보려고 한다.

내 인생의 좌우명은 "인생을 열심히, 치열하게 살아야 한다."이다. 나는 인생은 한 번뿐이니 최대한 후회 없이 살아야 한다고 믿는다. 언어는 존재를 규정한다. '열심히', '치열하게'라는 말은 나를 지배했고, 고지식한 성격과 맞물려 내 삶의 방향과 내용을 결정지었다.

1996년, 나는 좋아하는 역사를 공부하기 위해 대학에 입학했다. 부푼 마음을 안고 대학에 입학했던 새내기 시절 나를 지배했던 단어는 '경험'이었다. 인생의 가장 아름다운 시절인 청춘 시절을 많은 경험을 쌓으며 값지게 보내고 싶었다. 내가 대학에 입학했을 때는 학생운동이 여전히 영향력을 발휘하던 시기였다. 호기심 가득한 새내기들이 그러하듯 나 역시 학생회에서 주관하는 여러 활동에 참여했다. 농민 학생 연대활동, 한국대학총연합회(한총련) 출범식, 봉천동 철거민 지원 투쟁, 통일운동 등에 참여하다 경찰에 두 번 연행되기도 했다. 학생운동이 가혹하게 탄압당하는 현실에 분노하여 마음에 갈피를 잡지 못하고 입대했다.

2000년, 군복무를 마치고 선배의 소개로 체험학습 업체에서 체험학습 강사로 아르바이트를 시작했다. 체험학습 강사는 체험학습이나 수학여행에 동행하여 이동과 숙박을 안내하고, 코스에 대해 학생들에게 설명하는 일을 했다. 그 당시에는 문화유산이 많이 포함된 체험학습 코스 덕분에 역사학과 학생들이 가이드로 활동하는 경우가 많았다. 초등학생부터 고등학생까지 다양한 연령대의 학생들을 인솔하여 전국 곳곳을 누비며 체험학습과 수학여행을 진행했다. 일하면서 여러 문화유산과 박물관, 갯벌, 공룡 화석지 등에 관해 공부하며 재미를 느꼈고 폭넓은 지식도 쌓을 수 있었다. 무엇보다도, 나에게 남을 가르치는 재주가 있고, 이를 통해 즐거움을 느낀다는 것을 깨달았다. 강화도로 체험학습을 다녀오는 길에 함께 탄 교장 선생님이 내 설명을 듣고 "초등학교 선생님을 하면 잘할 것 같다."라며 칭찬하셔서 남을 가르치는 일을 계속하고 싶다는 소망이 생겼다. 체험학습 가이드에 흥미를 느꼈지만, 이 일을 직업으로 삼기에는 어려움이 많았다. 체험학습과 수학여행 시즌에만 바빴고, 나머지 기간에는 일거리가 없어 수입이 너무 적었기 때문이다.

다른 친구들이 토익 공부에 열중하던 대학 4학년 시절, 나는 휴학을 하고 체험학습 가이드로 번 돈을 모아 실크로드 여행을 떠났다. 여행은 중국의 시안을 시작으로 위구르 자치구의 카슈가르와 우루무치 등을 둘러보는 일정이었다. 여행 내내 인생의 진로에 대해 고민하다가 나는 지금은 인생에서 승부를 걸 시기라는 결론을 내리고 새로운 도전을 시작하였다. 여행을 마친 후, 나는 다시 대학수학능력시험을 봐서 교육대학교에서 초등학교 선생님이 되기로 결심했다. 2002년 겨울, 노량진의 재수학원에 등록해 공부를 시작했고, 그곳에서 반장을 맡아 7살 어린 친구들과 함께 수업 준비에 몰두했다. 그러나 교육대학교는 모든 과목 성적을 반영했는데, 수학에서 좋지 않은 결과를 얻어 진학의 꿈을 접어야 했다. 낙담하던 중 함께 재수하던 친구가 특수교육과를 추천해 주었다.

처음에는 장애 학생들을 가르치는 일이 성직에 가까운 일이라 생각하며, 내 성향과 맞지 않을 것 같아 망설였다. 하지만 곰곰이 생각해 보니 특수교육 또한 교사로서 보람 있는 일이라는 생각이 들었다. 그렇게 특수교육과에 입학하며 다시 대학 생활을 시작했다.

특수교육을 공부하던 4년은 내 인생에서 가장 치열하게 보낸 시기였다. 대학에 다니면서 부모님의 일을 도왔고, 장애 학생에게 과외하며, 주말에는 체험학습 가이드 아르바이트를 계속했다. 4년 동안 마음 놓고 쉰 날이 열흘도 되지 않았다. 임용시험에서는 실패했지만, 다행히 사립학교에 원서를 내 합격했다. 그때 나는 32살이었고, 처음으로 정식 직업을 얻은 것이다. 남들보다 늦게 시작한 길인만큼 뒤처지지 않기 위해 수업과 업무 모두에 열심히 몰두했다. 대학 시절의 바쁜 생활을 이어 직장인으로서도 정신없이 바쁘게 산 것이다.

그렇게 바쁘게 살아오면서 내 마음속에 녀석은 점점 커졌다. 자유롭게 생각하고 느껴야 하는데, 녀석은 마음속에서 생각이나 느낌이 자유롭게 오가는 것을 방해했다. 어색함과 답답함이 몰려오는 횟수가 늘어났다. 여유 시간이 생겼을 때 이 녀석의 존재가 더욱 확실하게 느껴졌다. 그때마다 녀석은 나에게 다그쳤다.

"너 지금 게으르게 뭐 하는 거지?"

나는 쉬고 있어도 마음이 늘 불편했다. 다른 사람과 맛있는 음식을 먹거나 좋은 것을 봐도 온전히 누리고 있다는 생각이 들지 않았다.

녀석을 몰아내려면 삶을 온전히 누릴 수 있는 무언가가 필요했다. 사랑이 그 해답일 수 있겠지만, 고지식하고 소심한 성격 탓에 인연은 자꾸 빗겨나갔다. 녀석을 정확히 무엇이라고 표현해야 할지 모르겠지만, '업무중독'과 '강박증의 결합' 정도로 말할 수 있을 것 같다. 인생의 '여유'를 빼앗는 녀석, 그래도 싱글일 때는 그 존재가 크게 느껴지지 않았다. 오히려 녀석은 나를 다그치며 뒤에서 밀어 준 원동력이기도 하였다. 녀석이 없으면 인생이 허전하다 못해 허무할 것 같았다. 종교가 없는 나로서는 인생의 의미는 스스로 내 인생을 바로 세우는 것, 진정한 인생의 주인이 되는 것이었다. 그러나 결혼 후, 녀석은 큰 걸림돌이 되었다. 결혼은 생활과 감정을 나누는 일인데, 마음에 깊이 자리 잡은 녀석이 이를 방해했다.

결혼하면 인생의 여유를 누릴 수 있을 것으로 생각했지만, 굳어진 사고방식을 바꾸는 일은 쉽지 않았다. 여유 시간이 생기면 어색함이 밀려왔고, 오히려 바쁘게 움직일 때 마음이 편했다. 아내가 임용시험을 준비하던 시기, 나는 어린 딸을 돌봐야 했는데, 몸과 마음이 고단하면서도 묘한 안정감을 느끼는 양면적인 감정이 들었다. 임용시험이 끝나고 나서도 아내는 직장에 적응하느라 바빴고, 아이도 손이 많이 갈 때라서 나 자신을 위해 무언가를 할 생각을 하지 못했다. 그렇지만 무엇인가 계기가 필요하다는 생각이 점점 강해졌다.

그 후, 아내가 임용시험에 합격하고 몇 년이 지나 불현듯 나는 아내에게 말했다.

"사실 무엇을 해도 기쁘지 않아. 마음속이 허전해."

그때 비로소 나는 마음속 녀석의 문제를 뼈저리게 느꼈고, 그것을 치워야겠다고 결심했다. 치우는 방법은 내가 좋아하는 것을 즐겨서 마음에 긍정의 에너지를 불어넣는 것이었다. 내가 실천한 방법은 두 가지였는데 다음 이야기에서 자세히 풀어보도록 하겠다.

녀석과 다투다:
나를 위한 실천의 기록

"멈춰라. 숨을 쉬고, 삶을 느껴라."

- 틱낫한

내 마음속에는 인생을 온전히 누리고 즐기지 못하게 만드는 존재가 있었다. 녀석은 언제나 내 곁에서 무언가를 하라고 다그쳤다. 잠시라도 멈추고 쉬는 것이 잘못된 것처럼 느끼게 했다. 시간이 지날수록 크기가 너무 커져 다른 것을 밀어내고 있었다. 40대가 되면서 녀석은 내 삶을 본격적으로 방해하기 시작했다. 영화 〈인사이드 아웃〉으로 비유하자면 '일중독', '강박'이라는 녀석이 '여유', '한가함' 등을 몰아내고 자리를 차지한 것 같았다. 마치 나 자신에게 휴식을 허락하지 않는 감독관처럼, 더 많이, 더 열심히 해야만 한다는 압박감을 끝없이 불어넣었다. 나는 그 존재에 휘둘리며 끊임없이 무언가를 해야 한다는 압박감을 가지고 살아갔다. 그렇게 자신을 혹사하며 달려온 나는 오랫동안 소진 상태에 있었고 그것이 당연한 일상으로 여겼다.

그러나 아내와 딸과 있을 때 여유와 행복을 제대로 누리지 못하는 것을 여러 번 느꼈고, 더 이상 이대로는 안 되겠다는 생각이 들었다. 인생에서 누릴 수 있는 것보다는 해야 할 것을 우선으로 생각했던 것에서 벗어나 지금 좋아하는 것을 즐김으로써 만족하는 횟수를 쌓아 가면 나아질 것으로 생각했다.

어느 날, 이 마음을 아내에게 솔직히 털어놓았다. "사실 무엇을 해도 기쁘지 않아. 마음속이 허전해. 그래서 내가 좋아하는 일을 즐기고 싶다."라고 이야기했다. 그래서 나는 탁구를 시작하기로 했다. 탁구는 어렸을 때부터 좋아했고 재능도 있다고 생각했던 스포츠였다. 아내는 나의 고민을 들어 주었고, 내가 탁구를 시작하는 것을 이해해 주었다. 그래서 집 근처에 있는 탁구장에 가서 레슨을 등록하였다.

탁구 레슨을 처음 시작했을 때는 그리 녹록하지 않았다. 탁구는 생각보다 진입장벽이 높은 스포츠였다. 자세를 잡고, 기본적인 포핸드 스트로크 동작을 익히는 데도 예상보다 시간이 오래 걸렸다. 기본 자세를 잡기 위한 끊임없는 반복훈련이 힘들고 짜증나기도 했다. 하지만 포기하지 않고 꾸준히 연습한 덕분에 실력이 조금씩 늘었다. 포핸드 스트로크 다음에 백핸드 스트로크, 위치 전환, 커트, 드라이브 등 쓸 수 있는 기술이 늘수록 성취감도 느껴졌다. 탁구클럽에서 여러 사람과 탁구를 치며 탁구에 관한 이야기를 나누며 친해지는 것도 또 하나의 즐거움이었다. 탁구는 단순한 운동이 아니라 내 삶에 활력을 불어넣는 중요한 취미로 자리 잡았다. 연습과 경기를 즐기며 땀을 흘리는 순간, 그 짧은 시간 동안에는 삶의 무게에서 벗어나 진정으로 나를 위한 시간을 가질 수 있었다. 삶의 즐거움과 활력을 온전히 느끼는 탁구는 몸과 마음을 건강하게 해 주었다.

그렇게 탁구를 즐긴 지 벌써 3년이 다 되어 간다. 나는 아직도 탁구클럽에서 일주일에 두 번 이상 땀을 흘리고 있다. 직장에서도 3년 전에 탁구동아리를 만들어 일주일에 한 번씩 동료들과 모여 탁구를 치고 있다. 작년부터 동료들과 함께 탁구팀을 만들어 특수교원을 대상으로 하는 대회에 출전도 했다. 작년에는 전패의 수모를 겪었지만, 올해는 열심히 대회를 준비한 끝에 개인전에서 두 번 승리하여 동료 선생님들에게 박수받기도 했다. 이렇듯 직장동료들과 친선의 기회를 제공한 것도 탁구가 준 선물이었다.

탁구에 이어 내 삶에 또 다른 활력을 불어넣은 것은 바로 역사와 관련된 저술 활동이었다. 원래 나는 경험과 지식을 기록하거나 나누는 것을 좋아했다. 한때 체험학습 가이드를 직업으로 가지려고 했던 것도 나의 지식을 학생들과 나누는 것이 즐거워서였다. 특수교사의 길에 들어선 후 나는 역사를 전공한 교사로서 학생들에게 역사를 누리고 즐기게 해주고 싶었다. 역사를 워낙 좋아하는 나에게는 특수교사로서 꼭 해야 할 사명과도 같은 것이었다. 그래서 역사를 쉽게 이해하고 흥미를 끌 수 있도록 오랫동안 노력해 왔다. 나는 학교에서 역사에 관련된 다양한 수업을 앞장서서 추진하였다. 공개수업은 물론 여러 학년이 참여하는 프로젝트 수업을 통해 학생들이 역사를 몸소 체험하고 배우는 기회를 제공하였다.

그러던 중 2020년부터 시작된 코로나19는 나에게 위기이자 기회였다. 코로나19로 인해 비대면 수업이 시작되면서 학생들은 카메라에 집중하지 못하고 부모님은 학생을 카메라에 붙잡아두려고 안간힘을 썼다. 수업은 제대로 이루어지지 못했고 내가 지금 교사로서 무엇을 하고 있나 하는 자괴감이 들었다.

자괴감을 극복하고 교사로서 자존감을 찾기 위해 나는 여러 과목 학습지를 제작해 특수교육 커뮤니티에 공유하기 시작했다. 당시 기존 특수교육 관련 자료들은 학습 능력과 표현능력이 낮은 중증의 지적장애 학생들을 위한 자료가 부족했기 때문에, 나는 다양한 학습 수준에 맞춘 자료를 직접 개발하였다. 다행히 포토샵을 다룰 수 있어 다른 교사들의 학습지보다 훌륭한 디자인과 풍성한 내용을 갖춘 학습지를 만들 수 있었다. 그림 붙이기, 줄 잇기, 단어 쓰기 등으로 수준을 나누고 모든 학생이 수업에 참여하는 것을 모토로 하는 학습지는 커뮤니티에서 큰 호응을 얻었다.

어느 날 커뮤니티 게시판에서 장애 학생을 위한 역사 관련 자료가 너무 없다는 어느 선생님의 하소연을 읽었다. 커뮤니티에 자료를 올린 경험을 바탕으로 우리나라 역사를 전체적으로 다루는 자료를 개발하기로 결심했다. 그때부터 집에서 자투리 시간을 이용해 조금씩 자료를 만들기 시작했다. 제일 좋아하는 격언인 '우공이산(愚公移山)'의 마음으로 서두르지 않고 언젠가는 완성한다는 마음가짐으로 작업에 임했다.

원래는 학습자료를 만들어 교육자료 연구대회에 참가하려 했지만, 자료에 사용한 이미지 저작권이 해결되지 않아 참가할 수 없었다. 그래서 고민한 끝에 역사 워크북 출판으로 방향을 바꾸었다. 사실 책 출판은 나의 오랜 꿈이었다. 어린 시절부터 작가가 되고 싶다는 바람이 있었지만, 책을 쓴다는 것은 많은 재능과 전문성이 요구되는 일이라고 생각하여 시도할 생각조차 하지 못했다.

그러던 중, 아내가 소개해 준 '부부 작가의 세계'(이하 부가세)라는 모임에 나가게 되었다. 부가세는 책을 읽고 쓰는 것을 좋아하는 사람들의 모임이었다. 그곳에서 나는 내가 쓴 원고를 제본해 선보였고, 많은 사람이 내 작품에 격려와 칭찬을 아끼지 않았다. 그들의 응원 덕분에 나는 출판에 도전할 용기를 얻게 되었고, 원고와 출판기획서를 출판사에 투고하기로 결심했다. 그런데 출판으로 가는 길은 쉽지 않았다. 100여 곳에 가까운 출판사에 투고했지만, 연락이 온 곳은 한 곳밖에 되지 않았고 그곳도 의견조율과정에서 어그러졌다. 워크북으로 계속 퇴짜를 맞자 이번엔 이야기 역사책 작업을 시작했다. 어느 정도 원고가 완성되자 다시 투고를 시작했고 드디어 한 출판사와 계약할 수 있었다. 특히 출판사 회장님의 제안으로 워크북까지 계약하는 기쁨을 누렸다.

몇 달 동안 출판사와 함께 노력한 끝에 2024년 7월, 첫 책 『한 권으로 뚝딱 누구나 쉽게 읽는 역사 이야기』가 출간되었고, 한 달 후에는 『특수교사가 쓴 우리 역사 첫걸음』이 세상에 나왔다. 이로써 나는 역사를 다룬 책을 출판한다는 오랜 꿈을 마침내 이룰 수 있었다. 서울의 교보문고에 가서 진열된 책을 들고 가족과 기념사진을 찍은 순간은 내 인생에서 가장 행복한 순간 중 하나였다.

탁구와 저술 활동은 단순한 취미나 성과 이상의 의미를 지닌다. 그것은 나 자신을 위한 시간이며, 내가 누구인지를 증명하는 중요한 경험이었다. 탁구를 통해 내 몸을 움직이며 인생의 즐거움을 느낄 수 있었고, 출판을 통해 내 열정을 실현하고 성취를 이뤄 냈다. 이 두 가지는 나를 옥죄던 강박과 압박에서 벗어나, 나의 삶과 존재 이유를 더욱 깊이 이해하게 해 주었다.

녀석과 공존하다: 인정과 공생의 길

"가장 중요한 일은 자신을 돌보는 것이다."

- 오프라 윈프리

40대에 대한 글을 세 편 쓰면서 가장 어려웠던 부분은 '성장'에 대한 이야기를 쓰는 것이었다. 솔직히 말해, 내가 남들에게 자랑할 만한 성장을 이뤄 낸 것도 아니고, 괜히 쓸데없이 자랑을 늘어놓는 것 같다는 생각이 들었기 때문이다. 무엇보다도 내가 겪었던 방황을 완전히 해결하지 못했다는 점이 가장 걸렸다. 그래서 내 경험을 누군가 앞에 내놓는 일이 부끄럽게 느껴졌다.

그럼에도 불구하고 글을 쓰는 과정에서 내 인생을 깊이 성찰할 수 있었고, 그 속에서 나름대로 깨달았다. 나의 방황과 실천을 통해 이룬 성장을 많은 분들과 나누고 싶다는 욕심이 들었다.

내 글을 읽는 분들께 부탁하고 싶다. 너무 큰 기대는 하지 말고, 새로 사귄 친구와 차 한잔을 나누며 그의 인생 이야기를 듣는다는 마음으로 가볍게 읽어 주면 좋겠다. 그리고 그중에서 단 한 줄이라도 마음에 와닿는 부분이 있다면 그걸로 더할 나위 없이 기쁠 것 같다.

앞서 말했듯이 글을 쓰는 과정은 내 인생을 깊이 성찰할 수 있는 소중한 기회였다. 내 삶을 글로 정리해 보니 단순히 생각하거나 말로 표현하는 것만으로는 깨닫지 못했던 것들을 비로소 알 수 있었다. 그 결과로 지금까지 살아온 인생을 정리할 수 있었을 뿐 아니라 앞으로의 미래를 계획하는 데까지 도움을 주었다. 글쓰기는 내 인생을 체계적으로 '복습'하고 '예습'하는 과정이었다.

내 인생을 돌아보며 내린 결론 중 하나는 내 방황의 가장 큰 원인이 바로 '천성'이었다는 것이다. 내가 업무에 몰두하고 중독처럼 빠져든 것도, 어쩌면 내 천성을 극복하려는 노력의 일환이었을 것이다. 사실 나는 느긋한 성격을 가진 아버지를 닮았다. 아버지는 흔히 말하는 전형적인 충청도 스타일로, 인생을 0.5배속으로 여유롭게 사는 분이었다. 작년 초 심리상담을 받았을 때, 상담사는 내가 아버지를 닮아 느긋한 성격을 지녔지만, 사회에서 살아남기 위해 스스로를 채찍질하다 보니 남들보다 더 많은 스트레스를 받았을 것이라고 말했다.

아버지는 여유로운 삶을 즐기는 분이셨지만 그로 인해 생기는 빈틈은 어머니가 주로 메우곤 하셨다. 그래서 나는 어렸을 때부터 아버지보다 어머니의 성격을 닮고 싶었다. 어머니는 아버지와는 달리 야무지고 부지런한 성격으로 남들보다 두 배의 속도로 사는 분이셨다. 내 천성은 아버지를 닮았지만, 어머니처럼 되기 위해 노력한 결과 내 생활방식은 점점 어머니를 닮아갔다.

그러다 보니 내 마음은 마치 맞지 않는 옷을 입은 것처럼 불편했다. 원래의 느긋한 성격과 실제 생활방식 사이의 괴리가 너무 컸기 때문이다. 특히 바쁘고 경쟁이 치열한 대한민국에서는 꼼꼼함과 부지런함을 강조하기 때문에 나의 천성을 거스르는 삶의 태도는 쉽게 지치고 스트레스를 많이 받게 했다. 그래서 스트레스를 견디는 내성도 항상 부족했던 것 같다.

처음에 사회생활에서 받는 스트레스를 대하는 나의 방식은 단순했다. 마음이 약하거나 업무 처리가 미숙하다는 이유로 스스로를 탓하거나, 잠시 쉬는 것 정도였다. 나는 마음이란 내 의지로 조종할 수 있는 것이며, 결국 의지의 문제일 뿐이라고 여겼다. 마음을 다잡으면 해결된다고 믿었다. 하지만 이러한 태도는 오히려 마음의 상처를 오랫동안 방치하고, 결국 그 상처를 악화시키는 결과를 낳았다. 오랜 시간 시행착오를 거친 끝에 깨달은 것은, 마음이 어떤 초월적인 존재가 아니라는 사실이었다. 마음은 팔과 다리처럼 신체의 일부였다. 마음도 신체 기관처럼 소모되고 마모되며, 때로는 고장 나거나 부서질 수 있다. 그래서 마음이 아플 때는 이를 수리하고 고쳐야 한다. 평소에도 마음이 나쁜 균에 감염되거나, 심지어 썩지 않도록 꾸준히 관리해야 한다는 결론에 이르렀다. 신체가 다치거나 병에 걸리면 의사와 같은 전문가의 도움이 필요한 것처럼, 마음도 전문가의 진단과 치료가 필요하다. 나는 '마음의 찰과상', '마음의 염좌', '마음의 골절' 또는 '마음의 감기', '마음의 염증'처럼 마음이 아플 때 이를 신체의 상태에 빗대어 스스로 진단하곤 한다. 이제는 예전보다 더 적극적으로 마음의 상태를 인정하고, 이를 개선하려 노력하고 있다. 더 이상 나를 채찍질하지 않고, 자신을 아끼고 사랑하는 태도를 보이게 된 것이다.

나를 아끼고 사랑하는 태도를 갖추기 위해 가장 중요한 것은 '자존감'을 회복하는 것이었다. 나는 천성이 느긋한 편이라 사회생활에서 간격이 생길 수밖에 없음을 받아들이고, 내가 진정으로 원하는 것을 찾아 즐기며 마음의 여유를 찾았다. 그리고 그 여유를 가족을 포함한 주변 사람들에게 자연스럽게 확산하고자 하였다. 탁구와 글쓰기 활동을 통해 어느 정도 효과를 보았지만, 마음속에 자리 잡은 녀석은 여전히 건재하다. 사실 마음속의 녀석을 완전히 없애는 것은 불가능하다는 것을 깨달았다. 교사라는 직업은 세심함을 요구하기에 내 천성을 거슬러 직업이 요구하는 덕목을 갖추는 것은 당연한 일이다. 그렇기에 녀석은 오히려 내게 필요한 존재이기도 하다. 결국 내가 선택한 길은 녀석을 동반자로 인정하고 함께 공존하는 것이었다. 마음속의 녀석이 지나치게 커지지 않도록 관리하며 필요한 순간에 열심히 활용하는 것이다. 그리고 녀석이 제 역할을 다하면 재빨리 마음 한쪽 구석에 밀어 넣고 내가 좋아하는 활동을 하며 만족과 기쁨으로 내 마음을 채우는 것이 중요하다. 내가 꿈꾸는 인생은 요즘 사회에서 자주 언급되는 키워드인 '워라밸'(Work-Life Balance)이 실현된 삶이다. 이를 위해 나는 '조화로운 삶'을 추구하고자 한다. 녀석은 워라밸의 'Work'에서 자신의 몫을 충분히 할 수 있으리라 믿는다.

나는 내 삶을 누리는 것을 방해하는 존재를 마음속의 덩어리처럼 느끼고 이것을 치우려고 오랫동안 노력해 왔다. 어떤 때는 마음속에 큰 벽이 있는 것처럼 느끼기도 했다. 인생의 방향을 바꾸고 싶은데 앞에 큰 벽에 있어서 나가지 못하고 제자리에 서 있을 수밖에 없는 상황으로 느껴졌다. 큰 벽을 부수거나 뛰어넘으려고 하다가 부상을 입기도 하였다. 이제는 인생의 벽을 느낄 때 어떻게 할지 결론을 내렸다. 부수거나 뛰어넘으려 하지 말고 잠깐만 주저앉아 쉬어 보는 것이다. 마음이 차분해지고 체력이 회복되면 벽을 유심히 살펴보자. 마음속의 벽은 어떤 벽이든 틈새는 있다. 틈새를 찾아 느슨한 곳에서 돌을 하나하나 뽑으면 내가 통과할 만한 구멍을 만들 수 있다. 잘하면 벽이 우르르 무너져 내릴 수도 있다. 40대는 앞에 있는 벽을 관찰하고 내가 통과할 구멍을 뚫거나 조금씩 무너뜨릴 때이다. 앞을 막고 있는 벽을 통과해서 앞에 펼쳐져 있는 길을 걸으면서 주위의 풍경을 바라보며 삶을 누리자. 이것이 내가 발견한 40대의 성장의 의미이다.

40대는 인생에서 적지 않은 경험을 쌓아 온 시기이자 앞으로도 더 많은 경험을 쌓아 갈 수 있는 시간이다. 나는 40대를 살아가며 내가 느끼고 경험했던 것들을 돌아보고, 스스로의 마음을 살피며 실천을 통해 인생을 바꿔 보려 했다.

40대를 함께 살아가는 동료들이여, 지금까지 쌓아 온 경험을 바탕으로 진정 좋아하는 것을 찾아 즐기고, 그 과정에서 성장하자. 그리고 그 성장을 마음껏 누리며 살아가자. 우리가 살아온 경험을 그냥 흘려보내지 말고, 나만의 행복을 찾는 데 소중히 활용하자. 이 말이 같은 40대를 살아가는 동료들에게 전하고 싶은 진심이다.

충분합니다

한 줄기의 빛

한 방울의 물

한 톨의 흙으로도

기어이 살아났습니다

3장

마흔의 비상, 나만의 크로키로 꿈꾸는 미래

그리폰

내가 무엇을 하든
이미 날 응원하기로 작정한 사람들이 곁에 있는데
어찌 열심히 하지 않을 수가 있을까.

마흔,
다정함을 건네면

"우리는 받아서 삶을 꾸려 나가고 주면서 인생을 꾸며 나간다."
- 윈스턴 처칠

'커닝한 거 아니지?'

나의 시험지를 살펴보는 담임 선생님의 얼굴은 내 실력으로 전 과목 100점을 맞을 리가 없다고 말하고 있었다. 커닝 따위 하지 않았고 온전히 나의 실력으로 받은 점수였지만 당시 난 아무런 대답도 하지 못했다. 하긴 평소 공부 잘하는 아이들처럼 선생님의 질문에 척척 대답을 한다거나 수업시간에 두각을 나타내는 아이가 아니었으니 의아하셨을 게 당연했다.

난 말을 안 하는 아이였다.

아니, 정확히는 마음속의 말을 밖으로 꺼내지 못하는 아이였다.

부모님의 별거로 갑작스레 외가댁에 맡겨진 난, 며칠 뒤 초등학교에 입학했다. 낯선 환경과 낯선 아이들 사이에 어정쩡하게 끼여 혹여나 엄마와 아빠가 늦게라도 축하해 주러 오지 않을까 하는 기대를 했다. 하지만 내 눈에 들어온 건, 멋지게 차려입은 학부모님들 뒤에서 나를 애처롭게 바라보는 외할머니의 모습뿐이었다. 그리고 외할머니의 눈빛에서 나는 알아 버렸다. 엄마 · 아빠 없이 초등학교 생활을 보내야 하는 불쌍한 아이라는 걸.

1학년 담임을 맡은 선생님은 학교 운동장에 있는 '뺑뺑이' 놀이기구에 반 아이들을 태우고 한참을 돌려주셨다. 반 아이들은 재미있다는 듯 신나게 소리를 질러댔다. 뺑뺑이 놀이기구를 좋아하지 않는 나는 어지럽고 무서워서 울고 싶었지만 내려 달라고 말하지 못했다. 엄마 · 아빠가 같이 있었다면 겁에 질린 날 바로 알아채고 담임 선생님께 그만 내려 달라고 말해 주었을 텐데….

그렇게 난 정신없이 돌아가는 뺑뺑이 안에서 활발하게 잘 웃고 말도 똑 부러지게 잘하던 7살 때의 나를 잃어버렸다.

엄마 · 아빠의 별거로 외가댁에 맡겨진 아이라는 소문은 빠르게 퍼져

나갔다. 외할머니는 날 사랑으로 돌봐주셨지만 넉넉지 않은 형편에 안팎으로 바쁘게 일하느라 세심하게 챙겨주진 못하셨다. 엄마의 손길을 받지 못하는 티는 옷차림에서 먼저 드러났다.

'머리 묶어 줄 엄마가 없어서 매일 단발로 자르는 거지?'라는 반 아이의 말에 위축된 나는 역시나 아무런 대꾸도 하지 못했다. 엄마 · 아빠의 빈자리가 드러날 수밖에 없는 상황에선 괜스레 주눅이 들었다. 그리고 점점 내가 잘한 일을 자랑스럽게 얘기하지도, 하지 않은 일에 당당히 부인도 못하는 아이가 되어 갔다. 당연히 말도 없고 잘 웃지도 않는 내게 친구가 생길 리 만무했다. 그런 내가 혼자 할 수 있는 유일한 놀이는 그림 그리기였다. 친구들과 어울리고 싶은 마음과 선생님께 칭찬받는 아이가 되고 싶은 바람을 연습장에 그렸다. 그림 속의 나는 발표도 잘하고 친구들에게 인기도 많은 요즈음 말로 '인 싸'인 아이였다. 나는 친구들과 함께 착한 공주가 사는 곳으로 가서 나쁜 마녀를 혼내주기도 하고 머나먼 우주에 있는 외계인도 만났다. 즐겁고 행복했다. 그리고 그림을 그리고 이야기를 만드는 시간만큼은 절대 외롭지 않았다.

그림을 그리며 외로운 시절을 견뎌낸 난 초등학교 고학년이 되어서야 다시 부모님과 함께 살게 되었다. 이사 간 곳에서 동네 친구도 만들고 소수의 친한 친구들과는 얘기도 나눌 수 있게 되었지만 그뿐이었다. 여전히 친하지 않은 아이들과는 말 한마디 섞지 못했고 꼭 해야 하는 말을 하지 못해 손해를 봤다. 그리고 그런 나의 성격은 중학교, 고등학교를 지나면서도 달라지지 않았다.

용기를 내어 내뱉은 말 한마디에도 한참 얼굴을 붉혀야 했던 내가 이기주의『언어의 온도』에 나오는 '언어의 총량'을 거뜬히 넘어서는 수다쟁이가 된 것은 스무 살이 되면서이다. 새로운 환경에 낯설어 한 기간은 하루 이틀 정도였을까? 입학 후, 내게 다가와 주는 사람들이 많았는데 그들의 인사에 호응해 주다 보니 어느 순간 나도 다른 사람에게 스스럼없이 다가가 인사를 건넬 수 있는 사람이 되어 있었다. 남의 눈치를 보지 않고 내 생각과 마음을 전할 수 있게 되자 더 많은 사람과 어울릴 수 있을 것 같은 자신감이 생겼다. 여러 활동에 적극적으로 참여하니 사람들이 좋아해 주었고 그들의 칭찬과 인정을 받으니 밑바닥에 깔려 있던 자존감이 한여름 상추처럼 쑥쑥 자라났다.

언젠가 우연히 버스 안에서 만난 고등학교 동창이 나의 달라진 성격에 놀라며 어떻게 그 짧은 기간에 완전히 다른 사람이 될 수 있었냐고 물었다. 당시에는 그냥 타 지역에서 학교를 다니다 보니 뭐 그렇게 되었다고 넘겼는데 곰곰이 생각해 보니 나를 변화시킨 중요한 요인이 있었다.

그건, 내게 다가와 먼저 말을 걸어 준 사람들이었다.

그들의 다정한 인사는 어릴 때의 상처로 닫혀 있던 나의 마음 문을 열어 주었고 마음 문이 열리자 말문도 자연스럽게 열렸다. 난 그들의 친절한 인사를 받아 나처럼 타인과 어울리기 어려워하는 사람들에게 적극적으로 다가갔다.

나의 적극적인 성격에 어색해하는 사람들도 있었다. 하지만 대부분은 나와 친구가 되었고 그런 훈훈한 경험들이 지금의 명랑한 나를 만들었다.

학창 시절, 마음속에 쌓아 놓은 말이 얼마나 많았는지 내 입은 아직도 많은 말을 쏟아 내는 중이다. 그 말은 가끔 딸아이가 듣기 싫어하는 잔소리가 되기도 하고, 내게 TMI[1]였다는 후회로 밤새 이불 킥을 날리는 밤을 선사하기도 한다.

하지만 지금까지는 나의 수다가 좋은 사람들과 어울리며 열정적인 삶을 살아가게 하는 윤활유로써 긍정적인 힘을 발휘하고 있다고 생각한다.

1 너무 과한 정보(Too Much Information)의 SNS, 인터넷상에서 사용되는 축약어

응원 받아 사는 삶

"등 뒤로 불어오는 바람, 눈앞에 빛나는 태양,
옆에서 함께 가는 친구보다 더 좋은 것은 없으리."
- 에런 더글러스 트림블

두근두근두근.

동화 수업 첫 시간.

오랜만에 느껴보는 설렘과 기대감으로 내 귀를 울리는 심장은 수업이 끝날 때까지 쉬지 않고 뛰었다.

작은 글씨로 빼곡히 적힌 수많은 도서관 프로그램 중, 한눈에 들어온 '동화 쓰기' 수업은 운명처럼 내게 다가왔다. 아니, 소싯적 문학소녀로서 책을 읽고 만든 이야기를 끄적이는 걸 좋아했던 내가 '동화 쓰기'에 마음을 뺏긴 건 어쩌면 지극히 당연한 일이었을 지도 모르겠다.

감수성 풍부했던 학창 시절을 보내고 성인이 되어 사회생활로 바빠지면서 난 블로그에 글을 썼다. 직접 그린 그림에 대한 짧은 설명이나 에세이가 대부분이었는데 어린이를 위한 이야기 즉, 동화는 이전에 써 오던 글과는 다른 매력을 가진 신선한 장르였다. 내 맘대로 인물을 설정할 수 있는 것도 재미있었고 아이들에게 전하고 싶은 메시지를 녹여내어 이야기를 만들어 가는 과정은 흥미진진했다.

귀한 작가님의 강의를 듣고 글벗들과 함께 글을 나누며 첫 단편 동화를 완성했다. 그리고 수업이 끝나는 날, 자꾸만 아쉬워지는 마음에 글벗들에게 글을 쓰는 모임을 제안했고 '북꾸미'라는 모임이 탄생했다.

'북 꾸러미'를 줄인 말

'북꾸미'였다. 꾸러미를 만들어 어디라도 떠나려면 하나의 작품으론 어림없는 일.

나는 꾸러미를 꾸려서 어디라도 떠나 버리겠다는 야망을 품고 틈틈이 두 번째, 세 번째. 그다음 동화를 써 갔다.

"내가 다음 이야기 들으러 이 모임 안 빠지고 나오잖아요. 호호호."

당시 단편으로 써 놓았던 동화를 장편으로 늘려 쓰고 있을 때였다. 모임 때마다 한 챕터씩 선보이던 내 이야기를 듣고 있던 글벗님께서 해 주신 말씀이었다. 내 이야기를 고대하고 있다는 말이 얼마나 큰 힘이 되었는지 모른다.

그 말에 힘을 내어 열심히 다음 이야기를 써 갔다. 그리고 당시 어설프게 짠 옷감처럼 허술한 글이었을 텐데도 재미있다고 해 주던 '북꾸미' 분들의 응원으로 마침내 생애 첫 장편 동화도 노트북 폴더 안에 저장할 수 있었다.

어느 날, 동화를 쓴다고 선언하더니 막 퇴근하고 현관에 들어선 사람에게 A4용지를 들이밀며 빨리 감상을 말하라는 여자와 살게 된 남편은 '동화'와는 무관한 사람이었다. 아이에게 그림책은 좀 읽어 주었으나 동화라고는 초등학교 다닐 때 교과서에 실린 작품을 읽어 본 게 전부였던 남편이었다. 본인의 취향과 거리가 먼 동화를 읽는다는 게 쉬운 일은 아니었을 텐데 남편은 단 한 번도 거절하지 않고 피곤한 눈을 부릅뜨며 내 글을 꼼꼼히 읽어 주었다. 그뿐만이 아니었다. 글 쓰는 능력도 관심도 없다던 남편은 종종 내 글에 감히 딴죽을 거는 용감함을 발휘하기도 했다. 단순 감상을 말하라는데 이성적인 분석을 내놓는 남편을 흘겨보며 항변하듯 퇴고하던 때도 있었다. 하지만 그런 남편의 일침은 나만 재미있을 이야기에서 다른 사람도 재미있어 할 이야기로 성장하는데 큰 도움이 되었다.

부꾸미 분들과 남편이 동화를 꾸준히 쓸 수 있게 도와준 사람이라면 그림책 수업을 듣다가 알게 된 정선애 작가는 내 첫 장편 동화가 세상 밖으로 나가는 길을 알려 주신 분이다. 당시 동화 작가가 되고 싶다는 바람은 있었지만, 공모전에 도전하거나 출판사에 투고할 생각은 하지 못했다. 열정적으로 도전하는 삶을 살고 계시던 작가님은 써 놓은 동화를 투고 하라고 적극적으로 권유해 주셨다. 내가 타고난 소심함을 이겨내고 용기를 낼 수 있었던 건 옆에서 열정적으로 등 떠밀어 주시던 작가님 덕분이었다.

2월의 어느 늦은 오후, 떨리는 마음으로 투고 메일을 보냈다. 보내는 건 어렵지 않았지만, 문제는 투고한 이후에 일어났다. '연락이 오지 않으면 어떡하지?'라는 걱정이 밀려왔고 바로 연락이 오지 않는다는 말은 귓등으로 흘려 사라졌다. 마음을 졸이며 어찌어찌 하루를 보낸 다음 날. 내 안의 걱정 인형은 하룻밤 사이에 몇 배로 불어나 초고도 비만 인형이 되어 있었다. 괜히 보낸 것 같다는 후회와 함께 필력을 더 키워서 더 좋은 작품으로 도전해야 했는데 라는 생각에 괜스레 창피해졌다. 아침을 건너뛴 상태였다. 자꾸만 작아져 가는 나를 걱정한 남편이 외식을 권했고 우린 늦은 아침을 먹으러 나갔다.

직원의 현란한 손놀림에 알맞게 익혀진 야들야들한 닭고기를 보니 군침이 돌았다. 한 점을 입에 넣으려던 찰나, 메시지 알람이 울렸다. 여느 때와 다르지 않은 알람소리였는데 뭔가 느낌이 심상치 않았다. '설마'하며 메시지 함을 클릭했는데 세상에나! 그곳엔 내 동화를 출판하고 싶다는 내용이 정중하게 들어앉아 있었다. 그때의 기분은 뭐라 설명해야 할까? 순식간에 허기가 사라졌고 출판사와 나눈 통화는 나를 일주일, 한 달, 아니 앞으로 영영 먹지 않고도 살아갈 수 있을 것 같은 기분으로 만들어 주었다.

아마 그날, 난 두 발로 걷지 않고 집까지 붕붕 떠서 날아왔을 것이다.

못 믿겠다고? 정말이다.

누군가에게 인정받아 행복해진 사람은 두 발에 날개를 돋게 만드는 마법을 발휘하기도 한다.

운이 좋았다. 여기서 말하는 좋은 운이란 내 주위에 내가 쓴 글을 좋아해 주는 고마운 분들이 많이 있었다는 뜻이다. 동화를 쓰기 전부터 내가 무엇을 하든 이미 날 응원하기로 작정한 사람들이 곁에 있는데 어찌 열심히 하지 않을 수가 있을까.

그래서 난 계속 쓰기로 작정했다. 내가 쓴 글이 성에 차지 않고, 좋은 작품 앞에선 기가 죽어 태풍에 쓰러진 갈대처럼 비실거리기도 하지만 그래도 쓰기로 했다.

아직 초보입니다만 괜찮습니다

"또 실패했는가?
괜찮다. 다시 실행하라 그리고 더 나은 실패를 하라."
- 사뮈엘 베케트

크로키는 대상의 자연스러운 동세나 형태, 포인트 등을 관찰하여 빠르게 표현하는 스케치 기법이다. 20대 때, 한 2년 정도 토요일마다 합정역에 있는 크로키 수업을 들었다.

첫 시간, 1분이라는 짧은 시간이 주어졌고 나름 현직에서 그림을 그리고 있는 사람으로 호기롭게 수업에 임했다.

그런데….

얼굴 묘사를 겨우 끝냈는데 시간 종료 알람이 울렸다. 짧은 시간에 전신을 그려내는 일은 생각보다 쉽지 않았다. 그동안 꼼꼼하게 정확히 그리는 그림만 그려온 내가 짧은 시간 안에 기존 스타일대로 그리려니 시간이 모자라는 건 당연했다. 머리에서 발끝까지 모든 부분을 그리겠다는 나의 욕심에 연필을 쥔 손에는 자꾸 힘이 들어갔다. 그리고 그건 5분, 10분 늘어난 시간에도 다를 바 없었고 내 옆에는 어정쩡하게 마무리된 그림들이 쌓여갔다. 다른 사람들은 시간 따위는 전혀 문제가 안 된다는 듯이 자유롭게 그려내고 있었다.

혼돈의 시간을 보내고 집으로 돌아오는 길엔 온통 크로키 생각뿐이었다. 시간에 구애받지 않고 자유롭게 나만의 크로키를 그리고 싶었다.

왕복 4시간이 넘는 거리를 오가며 토요일 황금 시간대를 크로키 수업으로 채웠다. 몇 번의 토요일이 지났을까? 어느 순간 연필 끝에서 나오는 선이 자유로워지더니 내 마음대로 선의 강약을 조절할 수 있게 되었다. 세세하게 묘사하는 습성을 버리고 모델에게 받은 느낌을 내 방식대로 표현하는데 집중했다. 그리고 어느 순간, 시간의 구속에서 벗어난 나는 온전히 나만의 크로키를 즐기고 있었다.

지금 난 출판 될 동화의 삽화 작업을 하고 있다. 순조롭지 않다. 기존의 그림 스타일과 다른 그림을 그려야 하는데 제대로 그리고 있는지도 모르겠고 수작업이라 어느 한 부분이 마음에 안 들면 두세 장씩 다시 그리는 일이 다반사이다. 그럴 때마다 부족한 실력을 한탄하며 더딘 진도에 '과연 완성 할 수 있을까?'라는 마음으로 초조해진다.

하지만 그럴 때마다 마음속으로 읊조리는 말이 있다.

'난 초보 삽화가이다.'

동화 삽화 작업은 처음이니 헤매는 것이 당연하고 내가 쓴 글에 내 그림을 입히는 일이니 더더욱 신경이 쓰이고 부담이 되는 건 당연한 일일 터.

크로키를 처음 시작할 때, 그림을 처음 시작하는 사람과 다를 바 없이 어설프고 부족했지만, 결국엔 나만의 스타일을 찾아 멋진 작품을 그려냈으니 이번 동화도 그렇게 완성이 될 거라고 믿고 있다.

혼자 그림을 그리고 이야기를 만들던 아이는 책을 읽으며 소설가를 꿈꾸다 그림 그리는 것이 더 좋아져 만화가가 되기로 했다. 그리고 우연히 작업했던 그림책의 매력에 빠져 그림책 작가가 되고 싶었지만 20년의 세월이 흐른 지금은 동화작가가 되려는 중이다. 결혼을 하고 두 아이를 키우며 느꼈던 감정들을 소재 삼아 동화를 썼다. 동화를 쓰다 보니 세상을 향해 전하고 싶은 말이 마구 생겨났다. 그리고 그런 소망이 생기니 이것저것 도전하고 싶은 것도 많아졌다.

만화, 그림에세이, 그림책, 시나리오 등등….

미완성인 채로 긴 잠을 자고 있는 작품들을 깨워 세상 밖으로 내보내고 싶다. 아직은 부족한 작품들이다. 하지만 쓰고 그리는 일을 멈추지 않으면 언젠가는 썩 괜찮은 작품으로 굴비 엮듯이 꿰어 빛나는 햇살 아래 걸어놓을 수 있게 되지 않을까? 그래서 누군가의 허기진 영혼을 채워 주는 소중한 양식이 되어 준다면 기쁠 것 같다.

글을 쓰고 그림을 그리는 일을 할 수 있다는 사실이 행복하다. 좋아하는 일을 하고 산다는 것이 얼마나 큰 행운인지 잘 알고 있다. 매 순간 감사하며 지금 내가 해야 할 일과 앞으로 맡겨질 일들에 최선을 다하는 삶을 살아갈 것이다.

비상

응원날개 달고

열심날개 펼치고

용기 듬뿍 충전했으니

이제는

날아 볼까나

4장

마흔의 생각, 변화를 갈망하며 생각을 바꾸다

강연미

어른이 되면 모두 꽃이 되는 줄 알았다.
어른이 되어 보니 꽃이 전부가 아니었다.
나는 나의 꽃이 피기도 전에 사그라진다 해도
난 실망하지 않고 다른 꽃을 심고 싶다.
생각해 보면 삶의 완성은 화려한 꽃이 될 수도
혹은 결실의 열매가 될 수도 있고
아니면 다음 세대를 생각하는 씨앗이 될 수도 있다.

나는 엄마랑 살 줄 알았다

"변화는 두려운 것이 아니라, 새로운 길을 여는 열쇠다."

- 연미쌤

나는 결혼해서도 같은 지역에서 엄마랑 왕래하며 알콩달콩 살 줄 알았다.

나는 부모님과 결혼 전까지 한 번도 떨어져 살아본 적이 없었다.

혼자 자취하는 로망 따위는 생각해 본 적도 없다. 태어나고 자란 도시에서 대학을 졸업하고 직장생활을 짧게 하고 결혼을 했다. 아이가 돌도 되기 전 남편은 평택으로 발령이 났다.

그렇게 나는 조금 갑작스러운 독립을 시작하게 됐다. 발령이 나자마자 어른들께 "남편을 따라 이사 가야겠다."라고 말씀드리고 정신 차려

보니 나는 평택에 와 있었다.

남편만 믿고 덜렁 온 도시는 사막 어딘가에 있을 4차선 도로처럼 쓸쓸하고 외로웠다.

지금 생각해 보면 아이가 하나일 때 좀 더 누리고 더 잘 지냈어야 했지만, 당시에는 모든 것이 무거운 짐처럼 느껴졌다. 아이의 모든 것은 내 손으로만 해결해야 했고 아이 옷과 어른 옷을 따로 세탁해야 했다. 조금이라도 얼룩이 생기면 새 옷으로 갈아입혀야 하는 줄 알았다. 누가 그렇게 하라고 정해둔 것도 아니었지만, 그렇게 해야 한다고 생각했다.

정리 정돈도 미숙하고 살림은 완벽하지 못한 나는 늘 집 안정리에서 깔끔이라는 단어를 포기하며 살았고, 나의 일과는 남편을 기다리기만 하는 타인의 시간 속에 살았다.

나는 얼마 지나지 않아 아이를 데리고 다닐 수 있는 동네 가정 어린이집에 취직했다. 아이가 아프기라도 하면 운전이 익숙하지 못해 아이를 데리고 소아청소년과 가는 일도 남편과 함께해야 했다. 밤새 아이가 기침이라도 한날은 남편은 출근해서 직장의 급한 일을 마무리한 후 짬을 내야 했고, 나는 출근 후 그를 기다리다 함께 병원에 갈 수 있었다. 아이가 아플 때마다 병원에 당연히 가야 하는데 본인이 회사에서 양해를 구해야 하는 불편함만 이야기했다. 그런 상황들이 이해되지 않았다. 나는

24시간 아이만 보고 지내는데 아이가 아픈 상황에서 굳이 싫은 소리만 해야 했는지 남편에게 대한 서운함은 나의 마음을 뾰족하게 했다. 이제와서 생각해 보면 그도 회사에서 눈치를 보며 아쉬운 소리를 했을 것이다. 그러나 그때는 남편에 대한 미움과 원망의 마음뿐이었다.

그 시절엔 혼자만 하는 육아 독박육아라는 단어도 없었고 당연히 엄마가 육아를 감당해야 하는 줄 알았다. 그 시절에도 당당하게 자신을 만들었던 여성들도 있었겠지만 우리 집에서 아이 담당은 오직 나 혼자였다. 둘째가 태어나고 나서 너무 기뻤지만 동시에 너무 우울했다. 아이들은 예뻤지만, 육아는 마치 끝없이 밀려오는 파도처럼 내 손으로 해결해야 하는 일이 쌓여만 갔다. 하루하루 지침이 반복되는 날들이 지나갔다.

내가 쉴 수 있는 날은 한두 달에 한 번씩 오는 친정엄마는 나에게 단비 같았고, 2주에 한 번 쉬는 남편의 휴일은 작은 등대처럼 내 삶에 숨 쉴 구멍이었다. 교회에서 좋은 사람들을 만나고, 매일 육아에 전념하며 퇴근 시간도 일정하지 않은 남편을 기다렸다. 아이들을 정해진 시간에 재우고 먹이기를 반복했다. 드디어 첫째가 만 3세가 되어 어린이집에 다닐 수 있었다. 동시에 둘째도 첫째와 비교하면 조금 빨리 어린이집에 보냈다.

이 기회를 놓치지 않고 출근을 시작했다.

일하는 첫날, 한 번도 정시 퇴근을 한 적 없는 남편이 아이들을 픽업해서 집에 데려오고 도시락 설거지를 해 주었다. 너무 신기한 일이어서 아직도 그때의 장면이 잊히지 않는다. 나도 자신감에 충만했으며 새로운 시설에서 교육에 대한 열정으로 출근하며 몸은 힘들었지만, 마음은 가볍고 즐거웠던 출근 시간이었다.

그런데 한 달도 되지 않아 귀한 선물이 나에게 왔다. 아니 오게 됐다. 와 버렸다. 어떤 표현이 맞을지는 모르겠지만, 셋째의 임신으로 나의 즐거운 출근길은 한 달 만에 끝이 났다.

셋째의 탄생과 함께 나의 혼자만 하는 육아는 다시 시작되었다. 그래도 셋째 임신 기간은 나에게 선물이었다. 두 아이 모두 어린이집에 다니고 있어 낮에 여유가 생겼고, 좋은 사람들이 주위에 있어서 아이들 등, 하원도 함께 시킬 수 있었다. 임신한 내가 힘들지 않게 반찬을 해 주는 동네 언니도 생겼고, 아이가 아프면 함께 병원에 가 주는 언니도 생겼다.

교회에서 보조 반주를 하는 기회가 생기면서, 조금씩 나를 찾고 나를 채울 수 있는 시간이 생겼다. 이 무렵 친정엄마가 선물해 준 김미경 강사의 『꿈이 있는 아내는 늙지 않는다』를 읽고 꿈에 대해 생각하게 되었다.

"가장 큰 문제는 당사자 자체다. 사회적 정답에 휘둘려 자신이 선택한 길이 무엇이든 간에 죄책감과 콤플렉스를 안고 산다."

- 김미경 『꿈이 있는 아내는 늙지 않는다』

사회적 정답에 맞춰 사는 것도 나쁜 것은 아니지만, 모든 답을 한꺼번에 충족시키려 애쓰지 말고, 그때그때 자신이 할 수 있는 일에 집중하며 최선을 다하면 된다고 이야기한다. 많은 생각에 사로잡혀 살지 말고 삶의 정답은 사회가 아닌 스스로가 내려야 하며, 나부터 사랑할 줄 알아야 남도 진정으로 사랑할 수 있고, 나를 희생하며 모든 걸 바치는 사랑이 반드시 숭고하거나 아름답다고만은 할 수 없는 것이다. 나답게 내가 원하도록 살아 내야 한다.

김미경 강사는 꿈을 갖는 것이 개인의 삶에 활력을 주고, 여성들이 늙어감이 아니라 아닌 무한한 성장을 경험하는 방법이라고 이야기하며 나로 사는 방법을 이야기한다. 타인의 기대나 사회적 규칙에 따르는 것이 아니라, 스스로 선택하고 결정하는 삶을 사는 것, 자기 주도적인 삶은 개인에게 의미 있는 성취와 행복을 가져다주고, 도전과 성장을 두려워하지 않고, 실패를 두려워하지 말고 도전과 성취에 대해서 다시 생각해 보게 하였다.

책에는 실제로 꿈을 이루는 과정에서 겪는 좌절과 성공의 이야기가 담겨 있다. 자신만의 길을 찾아가는 여성들에게 깊은 영감을 주며, 꿈을 갖고 그것을 성취하며 자신의 인생을 주체적으로 살아야 한다고 이야기하는데 9층 워킹맘과 10층 전업주부가 다르지 않듯이 아이를 사랑하는 마음으로 나는 집에 있는 엄마보다 엄마의 일을 하는 엄마가 되고 싶었다.

현모양처가 꿈이었지만 나는 일하고 싶었다. 나의 이름으로 살고 싶었다.

현모양처가 전업주부라는 편견을 버리자! 아니 현모양처의 꿈을 버리자! 라고 마음먹었다.

셋째를 임신하게 되고 다시 사회로 나가지 못할 막연한 불안감에 나는 10년의 계획을 세웠다.

타이틀도 정했다. 〈30대 엄마의 도전기〉

셋째를 낳고 방송통신대학에 진학해 학사 자격을 취득하고 한국사 시험을 준비해 응시하고, 공립 유치원 임용시험을 보고, 그렇게 열심히 했던 나의 도전기를 책으로 쓰는 것이었다. 30대에 꿈을 향해 성공한 엄마가 되고 싶었다. 아이들 이야기는 성과가 보이긴 힘들 것 같았고, 내가 열심히 하면 성취할 수 있을 것 같았다. 나는 해낼 줄 알았다. 나의 결심은 아무에게 말하지 않았고 기록도 하지 않았다. 나의 상상 속에 있는 꿈이었었다. 시각화하지 못한 꿈은 해변 모래밭에 썼던 첫사랑의 이름처럼 삶의 무게라는 큰 파도에 씻겨 흔적조차 없어졌다.

지금 생각해 보면 나는 책을 쓰는 작가의 꿈과 많은 사람에게 이야기 하고 싶은 강사의 꿈이 시작되었는지 모른다. 그래서 책 쓰기 활동들에 나도 모르게 다가가지 않았을까? 내 머릿속에 내재 되어 있는 무언가의 작용이 아니었을까? 라는 생각도 해 본다.

나의 도전의 계획과 다르게 셋째가 태어나고 독박육아를 넘어서 전투 육아가 시작되었다.

예민한 피부를 가진 아이들은 아무거나 먹으면 안 되지만 아무거나 먹고 있었고 눈을 뜨고 눈을 감을 때까지 '아니야!', '하지 마!', '이리 와!' 등 긍정의 단어보다 부정의 단어들의 연속이었다.

매일 밤 아이들과 지쳐 자다가 나도 모르게 어린 세 아이를 돌보면서 나의 양육방식에 문제가 있지 않을까? 라고 고민할 때 김미경 『엄마의 자존감 공부』를 읽고 나의 고민을 내려놓을 수 있었다.

"만 명이 모이면 만 명의 모성이 모인다."

- 김미경 『엄마의 자존감 공부』

책 속의 말처럼 밖에서는 청결에 예민해 하고 안에서는 미흡한 집 안

정리 정돈의 모습과 아이들에게 오전에는 정신 나간 사람처럼 소리 지르기도 하고 오후에는 세상 친절한 엄마가 되는 모순된 내 모습을 보고 나는 작가의 말처럼 나만의 방식을 인정하기 시작하면서 남편에게 또 나의 소중한 세 아이에 나 있던 뾰족했던 유니콘 뿔 같은 마음이 조금씩 동그랗게 변할 수 있었다

내가 동그랗게 될 수 있던 또 다른 이유는 나에게 여유를 허락했다.

아이가 울면 하던 일을 멈추고 달려가 울음의 원인을 제거하고 아이의 울음을 멈추는 엄마에서 "잠깐만.", "기다려 줄래?" 이 말을 하며 아이에게도 나에게도 시간을 주며 조금 여유가 생기기 시작했다. 내 마음에도 '잠깐'이라는 시간의 틈을 주었더니 나도 조금 살겠고 뾰족뾰족했던 마음도 조금씩 둥글둥글해지는 시간이 되었다.

처음 해 보는 엄마 노릇에 나의 삶이 없어질 줄 알았는데 그 순간에 최선을 다하며 내가 나로서 해야 할 역할에 충실했더니 아이들이 커가며 나도 방황을 마무리할 수 있었다. 어른들이 하시는 말씀 중 '엄마는 아이들 나이다.'라는 말처럼 나도 아이들 나이의 마음으로만 생각했음을 알았다.

아이들을 키우면서 안달하고 불안하기만 했던 나의 마음에 조금씩 여

유가 생기면서 남편을 기다리는 타의적인 하루에서 나를 채우며 아이들과 지내는 시간에 충실하고 즐기는 자의적인 하루를 보내보니 나의 바라보는 시선과 생각들이 변화하고 있었다.

생각의 변화:
삶을 다르게 바라보다

"인생은 완생이 아니라 미생이다. 완전한 삶이 아니라,
아직 다 이루어지지 않은, 여전히 불완전하고 미완성인 상태다."

- 드라마 <미생>의 대사

10대 때의 나는 30살이면 내 인생이 완성되어 있을 줄 알았다.

어느 분야의 TOP이 되어 있지 않을까? 라는 막연한 생각을 하고는 했었다.

나의 예상과 달리 20대에 결혼하면서는 40살이면 어른이 되어 있을 줄 알고 삶의 여유도 즐기며 살 줄 알았다.

인간의 삶은 40이 되면 그냥 이룰 줄 알았다. 그래서 팀장의 압박과 클라이언트의 온갖 갑질 속에서 회사 생활 힘들어하는 남편에게 40살까지만 일하라고 달래기도 했었다.

30대는 안정적인 생활을 하고 있으리라 생각했던 10대 때의 내 생각과는 달리 나의 30대는 육아와 남편과의 전쟁이었고 직장과 가정 사이의 슈퍼우먼이 되어 가며 내가 아닌 세 아이의 엄마, 학교에서 돌봄 선생님, 남편의 아내라는 역할에만 충실했다. 나의 30대는 날카로웠다. 고슴도치 엄마의 날카로운 투쟁의 나날이었다.

가정과 일을 번갈아 살피며 바쁜 중에 맛있는 홈메이드 바비큐를 해 먹이고 보기 좋은 머핀을 굽고 쿠키도 직접 구웠다. 1년에 한 번씩 교원, 웅진의 비싼 전집을 사들이며 나름 책 육아한다고 말하고, 매일 시간을 내어 한 권씩 읽어 주는 훌륭한 엄마라고만 생각했고 해내고 있다고 생각했다.

이때 나의 꿈은 그냥 하루하루 살아내는 것이었고, 하루하루를 잘 지나가는 일이었다.

낮에는 아이들에게 그리고 늦은 출퇴근과 새로운 사업을 시작하게 된 30대 후반의 남편을 도우면서 나는 잘 해내고 있다고 생각했다. 내 안의 꿈이나 비전이란 단어를 생각할 수 없이 하루의 임무를 완수하기 바쁜 시절이었다.

30대 엄마의 도전기는 잊을 뻔했지만, 잠깐 여유가 생겼다는 생각이 들었을 때 일단 무작정 방송대 편입하였다. 이렇게 하다 보면 임용고사도 볼 것 같았다. 그냥 같기만 했다. 방송대를 겨우겨우 졸업하고 다시 돌아왔다. 살아 내기 바쁜 시간이 지나고 있었다. 나는 없고 미션과 비전을 구분하지 못하고 그냥 미션이 비전이고 비전이 미션이었을 것만 같은 시간 속에서 나는 무언지 모를 갈증을 느끼고 있었다.

코로나19로 일상이 멈추기 시작했지만, 긴급돌봄이라는 이름으로 방역과 격리의 중간에서 조바심 나는 시간이었지만 생활이 통제되자 집에 있는 시간이 길어지면서 나의 마음의 소리를 조용히 들을 수 있는 시간이 생겼다. 세상의 속도가 조금 천천히 돌기 시작하면서 나도 단절된 나의 생활 속에 주변보다 나의 마음의 소리에 집중할 수 있는 시간이 시작되었다.

그때 읽은『김미경의 리부트』책에서는 우리의 삶에서 모두 좌절한 코로나 가 있을 때 누구는 일어서는 기회가 되고 나의 삶을 되돌아보고 내가 할 수 있는 일에 최선을 다하라고 이야기한다. 온택트, 디지털 트랜스포메이션, 인디펜던트 워커 세이프티 같은 어디에서도 들어본 적 없는 단어들로 새로운 마음 가지므로 다가올 변화될 시기를 준비하라고 이야기한다.

책에서 소개된 4가지 '리부트 공식'은 다음과 같다.

온택트(On-tact)
비대면 시대에 온라인을 통해 세상과 연결하고 소통하는 방법을 배우는 것.
디지털 트랜스포메이션(Digital Transformation)
개인과 기업의 모든 시스템을 디지털 기반으로 전환하여 변화에 대응하는 것.
인디펜던트 워커(Independent Worker)
조직에 의존하지 않고 독립적으로 일할 수 있는 능력을 갖추는 것.
세이프티(Safety)
모든 소비와 서비스에서 안전을 최우선으로 고려하는 것이라고 소개하고 있다.

"나는 전에 없던 속도와 변화를 목격하고 있다. 이 엄청난 물살에서 그나마 나와 직원들을 지켜주었던 것은 필요할 때마다 집요할 정도로 빠르게 배우고 적용했던 '즉시 교육'이었다."

- 김미경 『김미경의 리부트』

즉 · 시 · 교 · 육

나의 마음에 꽂힌 단어 배우면서 바로 실생활에 사용한다는 말이다.

배우는 것도 중요하지만 진짜로 필요한 것은 빠른 속도의 실행이라 말한다.

일단 나는 실행했다.

변화가 무서워 온갖 불편을 참고 살았던 외곽지역에서 중심지로 이사를 결심하였다. 나의 근무지를 고려하면 무리한 이사였지만 나는 전보내신도 낼 수 있었고 반면 남편에게는 출퇴근 거리가 짧아지는 이점이 있어 우리 가족을 두고 봤을 때는 차이가 없었다. 아이들을 생각해도 나은 판단이라고 생각했다. 큰아이가 고등학교에 진학하면서 16년 동안 그냥 숙명처럼 받아 들었던 불편함을 온갖 이유를 대며 그냥 눌러앉았던 삶의 장소를 바꾸었다. 다른 이들에게는 별로 대단하지 않은 일이었겠지만 교회도 이동해야 하는 나에게는 큰 용기가 필요한 일이었다. 주변 사람들은 아이 교육 때문에 이사했다며 아주 교육열이 강한 엄마라고 생각했겠지만, 그때 이사의 결심은 나를 성장시키기 위한 나의 첫 Action이었다. 그리고 이 실행은 3년이 지난 지금도 그날 결심한 나를 칭찬한다.

성장이라고 하는 말은 위로 쭉 올라가는 것이 아니라 나의 눈과 나의 몸의 각도를 돌리는 일이라고 생각한다. 나의 눈은 집에서 잘 먹이고 보여 주기 잘하는 엄마에서 책을 읽고 성장하는 엄마로 시선을 돌리기 시작했다. 시선이 변하자 생각이 변하기 시작했다. 나는 아이들에게만 책을 읽어 주었다. 양육서도 안 읽었다. 그들의 양육은 외주(다른 사람의 도움을 받는)였을 것이다. 그런 여유로운 사람들의 생각을 내가 따라 할 필요가 있을까? 라는 다소 불손한 생각이 있었다. 자아가 성립한 어른이 무슨 책이야? 하면서 아무 책도 읽지 않던 내가 나를 위한 책을 사기 시작하며 책을 읽기 시작했다.

친정엄마가 읽어 보라고 보내 주었던 책들을 읽기 시작하면서 아이들의 그림책이 아닌 나를 위한 책을 읽기 시작하면서 나는 바라보는 곳이 달라지고 있었다.

나는 한 달에 14일 동안 5시에 일어나 미라클 모닝을 시작했다.
해내는 사람으로 내 삶의 방향을 전환했다. 나의 변화의 시작이었다.

즉시 교육을 실행하였다.

김미경 강사의 514미라클 모닝 챌린지를 하며 그와 동시에 진행 되는 챌토링이라는 프로그램에 참여할 수 있었다. 프로그램 중 〈NIE 신문 읽어 주는 엄마〉 수업이 자주 내 눈에 띄었지만, 신문 활용 수업은 신문을 이용해서 글자를 찾고 종이 오려 붙이기나 하는 요즘 잘 하지 않는 수업

인데 어떻게 수업하나? 하면서 궁금했다. 궁금증은 관심을 끌게 했다. 종이 신문에 대한 수요가 줄고 저작권이 활성화되면서 조금은 시들해져 가고 있는 수업이라고만 생각했기 때문이다. 궁금증을 해결하기 위해 신문 읽어 주는 엄마 챌토링을 시작했다. 처음 시작은 '돌봄 교실 아이들에게 특별활동 수업을 해 보자.'라는 마음으로 시작하게 된 수업이었다. 강사는 너닮나담이라는 회사의 대표로 신문 활용 수업을 연구하며 즉시 교육을 실행하고 있는 분이었다. 너닮나담의 프로그램은 기존의 내가 알았던 신문 수업과는 달랐고 커리큘럼에서도 나다움을 위한 내용은 아이들에게도 정말 유익해 보였다. 이 과정을 더 심도 있게 알고 교육하고 싶어서 강사 과정도 시작하였다.

이때부터 매주 월요일은 너닮나담 강사님들과 신문 기사를 활용하여 아이들에게 문해력과 이해력 배경지식을 넓혀주는 수업 시연과 연구를 시작했다. 이번 주 월요일에도 참여하였고 2년 동안 끊임없이 여러 강사님과 발표하며 연구하고 있다.

아이들과 돌봄 교실에서 배운 활동을 즉시 실행하며 재미있었다. 자연스레 외부강의에 대한 꿈이 생기기 시작했다. 여러 온라인 플랫폼에서 활약하는 강사님들을 바라보며 부러워만 했다. 첫째 아이가 지역 청소년 센터에서 영화 관련 동아리를 2년 동안 활동하였는데 아이의 활동을 도울 일이 있어 홈페이지를 살펴보다 문화센터 정기형강사를 모집하고 있는 것을 보았다. 주저 없이 신청하였다. 서류 심사에 합격하고 면접까지 통과되어 강사의 꿈을 시작할 수 있었다.

문해력과 배경지식의 중요성을 알기에 너닮나담 교육이 아이들에게 큰 힘이 되리라는 믿음은 여전하지만, 저학년 아이들에게 더 넓은 문해력의 이해의 길을 열어 주려면 책을 통한 깊이 있는 만남이 필요하다는 생각이 점점 강해졌다. 그래서 그림책 지도사 자격과 교사 크리에이터 협회에서 진행하는 독서 인문 지도사 자격 공부를 하고 자격증을 취득하였다, 덕분에 2분기에는 그림책을 통해 아이들이 읽고, 생각하고, 표현할 수 있는 문해력 수업을 진행할 수 있었다. 지난 1년 동안 매 분기 신청 마감이 빠르게 되는 센터의 인기 수업으로 자리매김하고 있다.

공부를 거듭하며 실행할 기회들이 다가오는 요즘, 매주 새로운 배움과 성장으로 가득 차 있어 하루하루가 즐겁다. 그 과정에서 더 많은 것을 배우고, 책을 읽는 일을 손에서 놓지 않는 나 자신의 변화를 실감하고 있다. 이렇게 그냥 열심히 사는 내가 아니라 미래의 아이들에게 도움이 되는 사람이 되기 위한 비전을 가지고 하루하루 한 주 한 주 한 달 한 달 미션을 수행하는 의미 있는 열심을 다해 살아 내는 연미쌤으로 변화하였다.

생각하는 대로
바라보는 대로
행동하는 대로

"생각을 조심해라. 말이 된다. 말을 조심해라. 행동이 된다. 행동을 조심해라. 습관이 된다. 습관을 조심해라. 성격이 된다. 성격을 조심해라. 운명이 된다."

- 마거릿 대처

결혼하면 완성일 줄 알았다.

마흔이 되면 완성일 줄 알았다.

그러나 나는 결혼을 하고도 마흔이 지났어도 보이거나 보이지 않는 경쟁과 어디에서부터 시작인지 모르는 불안, 그리고 끊임없이 노력해야 하는 삶 속에 나의 인생을 아직도 만들어 가고 있다.

지금 나는 한 남자의 아내,

중, 고등학교 다니는 삼 남매의 엄마,

초등학교에서 돌봄 전담사,

청소년 문화센터 문해력 강사로 지내고 있다.

또 나를 위해서 책을 읽고 이야기를 나누며 글을 쓰고 생각을 나누는 사람을 만나면서 작가의 삶을 생각하게 되었고 바라보고 있으며 실행하고 있다. 이렇게 많은 일을 내가 해낼 것으로 생각하지도 못했다.

진정한 N잡러인가?

나는 **도움이 되는 사람이 되고 싶다**는 비전을 가지고 미션을 열심히 수행 중이다.

책 읽기와 기록을 통해서 나의 이야기를 하려고 열심히 노력 중이다.

다섯 살 차이 나는 내 동생이 하는 말이 본인이 40년 살면서 누나가 제일 밝게 빛나고 있다고 한다. 빛나는 사람이 전부는 아니지만, 나의 자리와 주변 사람들이 바뀌고 있는 건 사실이다. 책을 오랫동안 사랑해 왔고 책을 사유하기를 좋아하는 사람들 사이에서 함께 책을 읽으며 쓰고 있다.

작년에는 읽고 쓰는 사람이라는 미션을 수행하였더니 전자책 출판이라는 결과가 나왔다.

『초등학교 입학을 축하합니다』라는 책을 출간하였다. 책 표지도 직접 만들어 자가 출판 플랫폼을 이용하여 ISBN 발급된 종이책도 출간할 수 있었다.

이제는 작가라고 불러주는 사람이 생겼다. 기회에 기회가 생기며 새로운 좋은 사람들을 만나게 되고 그런 사람들 사이에서 읽고 쓰다 보니 책을 소개하는 여러 서평단에도 참여할 수 있었다. 그러기 위해 어쩔 수 없이 블로그에 글도 쓴다.

새벽에 일찍 일어나 꾸준히 무언가를 하는 일은 매우 어렵다. 나는 '오늘도 점을 찍는다.'라는 말을 좋아한다. 꾸준함이라고 말하면 솔직히 부끄럽다. 점을 찍으면 나중에는 선이 된다는 말을 믿고 종종 빠지기도 하지만 내가 해야 할 일들을 한다.

옆에서 "선생님 어떻게 그렇게 열심히 살아요?"라는 질문은 나를 한없이 부끄럽기는 하지만 생각하고 기록하고 실천하면서 삶을 정리하고 생각하는 시간을 많이 가지면서 어제보다 나은 나를 만들어 가고 있다.

"누군가에게는 '개똥철학'이라 불리지라도 나에게는 나를 단단하게 만드는 어쩔 수 없이 하게 하는 인생 해석 집을 가지고 살아 마흔의 중반을 살아내고 있다."

- 김미경 『김미경의 마흔 수업』

책을 읽으면서 알았다. 살면서 가장 막막하고 힘든 순간은 우리가 어디로 가야 할지 방향을 잃었을 때이지 않을까? 이럴 때는 마치 아무것도 의지할 곳이 없는 것처럼 흔들리고 헤매는 것이 정상이다. 삶의 예상하지 못한 변화나 변수가 찾아올 때마다 중심을 잡지 못하고 흔들리는 이유는, 우리 각자에게 '해석의 기준'이 없기 때문일지도 모른다. 해석의 기준이란 나만의 삶을 바라보는 틀이자, 내 가치관을 뒷받침해 주는 원칙일 텐데 어떤 사람들에게는 이게 단순한 고집처럼 보일 수도 있고, 때로는 우스운 '개똥철학'처럼 생각될 수도 있다. 하지만 내 삶에서 중요한 것은 다른 사람의 평가가 아니라, 나를 단단하게 지켜주는 나만의 철학과 해석을 둬야 한다는 것을 이해하고 나도 바로 나의 개똥철학 인생의 해석집을 정했다.

어쩔 수 없이 하게 만들자.

나는 어쩔 수 없이 매주 문해력 수업을 해야 하기에 매주 어쩔 수 없이 시사 공부를 하게 되고 아이들에게 문해력을 학습할 수 있는 교안을 만들며 아이들에게 문해력을 더욱더 재미있게 알려 주기 위해 공부를 한다.

그리고 나는 어쩔 수 없이 책을 읽는다. 2개의 북클럽에서는 반드시 한 달에 3권의 책을 읽게 한다. 어떤 멋진 여성처럼 1일 1권은 할 수 없지만, 나의 목표는 한 달에 5권이다. 늘 3권에서 4권을 왔다 갔다 하지만 나의 목표 설정값은 5권이다.

북클럽의 좋은 점은 어쩔 수 없이 읽는데 함께 읽는 것이다. 나는 요즘 열외로 『토지』 함께 읽기를 하고 있다. 8월 19일에 시작한 토지반은 4달 만에 『토지』 8권을 마무리했다. 장편 소설 『토지』 20권을 읽는 것은 생각하지도 못했지만, 함께 읽는 사람들이 있으니 재미있다. 경상도 사투리가 쓰여 의미 해석이 아리송하고 역사적 지식도 초라한 나는 이해하기가 힘들 때도 있다. 그러나 함께 읽는 사람들의 감상과 마음에 닿은 글귀를 공유하다 보면 안 읽어도 읽은 것 같은 느낌도 있고 읽으면서도 아~라는 감탄이 함께 나온다. 이렇게 글귀를 사유하고 생각을 공유하며 힘들면 위로하고 못 읽어도 느낌을 알려 주는 한 책을 읽는 북클럽의 좋은 점이다.

나에게는 고마운 사람이 많다.

열심히 배우며 살아가는 모습을 항상 나에게 보여 준 나의 엄마

하고 싶은 거 해 보라며 무한 지지를 보내 주는 남편

엄마가 자라면서 세심하게 봐주지 못했지만 나름 바르게 자라준 우리 삼 남매

참고 견디며 세상을 사는 것이 지혜라고 말씀해 주시는 우리 시어머니

나의 모습에 자랑스럽게 생각해 주고 작은 것의 성취도 손뼉 쳐주며 응원해 주는 나의 그녀들

내가 바라보는 방향을 바꿀 수 있게 도와준 고마운 사람들이다.

바라보는 방향이 달라지니 생각이 바뀌며 주변의 모든 것이 고맙고 모든 행동이 나의 성장을 위한 시간이 되었고 나를 더 확장하는 순간이 되었다. 내가 가고자 하는 것들을 생각하는 꿈을 꾸었고 이룰 수 있도록 실행하였고 나는 달라지고 있다. 완성될 나이 마흔이라고 생각했는데 나는 아직도 성장하는 마흔이다.

마흔이 끝나는 마흔아홉에는 나는 어디를 보고 있을까?

나의 다음 도전이 나는 기대 된다. 생각이 변하니 바라는 보는 방향이 달라졌고, 방향이 달라지니 나의 삶의 모습들도 바뀌고 있다.

가끔은 40대 중반에 성과를 내며 이루는 주변의 모습들에 나의 속도가 느린 것 같아 조바심이 나기도 한다. 그러나 나는 이제 안다. 나의 속도로 꾸준히 멈추지만 않으면 해낼 수 있다는 것을 가끔은 조바심도 잘 나지만 난 그 안달과 조바심의 순간을 즐기기도 한다. 그 안달과 조바심이 나에게 또 다른 속도를 낼 수 있는 원동력이 되기 때문이다. 또 언제는 내 앞의 사람들을 따라 하며 속도를 단축할 수도 있다.

나의 이런 노력에 어떤 색 꽃이 나올지 나도 궁금하다.

지금 키우는 이 꽃이 피기도 전에 사그라진다 해도 실망하지 않고 다른 꽃을 심고 싶다. 생각해 보면 삶의 완성은 화려한 꽃이 될 수도 혹은 결실의 열매가 될 수도 있고 아니면 다음 세대를 생각하는 씨앗이 될 수도 있다.

내 생각이 바뀌었기에 이렇게 마흔에 같은 책을 읽고 생각을 나누고 마흔에 관한 이야기를 쓸 수 있는 '부부 작가의 세계'를 만날 수 있었다. 이 경험은 생각의 유연함과 시선의 변화가 얼마나 중요한지를 깨닫게 해 주었다. 앞으로도 나는 변화에 대비하며 생각을 열어 두고, 이를 실천으로 옮기는 삶을 살아가려 한다.

더불어 **타인에게 도움이 되는 사람**이 되겠다는 비전을 잊지 않으며, 다양한 미션을 통해 삶을 발전시키는 '연미쌤'으로 살아갈 것이다. 그 삶 속에서 걸어온 길과 앞으로 걸어갈 길이 누군가에게도 긍정적인 변화를 전하는 씨앗이 되기를 간절히 바라본다.

같은 듯 매일 다른 하늘

나의 매일도 매번 같지만

항상 같지 않다

5장

마흔의 전환, 가장자리에서 매 순간을 살다

김진수

앞으로 펼쳐질 삶은 나에게는 보너스와 같다.
이미 예전의 나는 죽었기 때문이다.
하루하루가 신난다.
늘 새롭다.
같은 일상이 전혀 없다.
나날이 새로워지는 '일신 일일신 우일신'(日新日日新又日新,
진실로 해가 솟듯이 날마다 새로울 것이며 또 날마다 새로울 것이다.)의
삶을 살아가니 성장은 저절로 따라온다.
선순환의 에너지가 느껴진다.
받은 축복을 좋은 일에 쓸 것이다.
바로 지금, 이곳에서.

화장실이 있는 집을 갖는다는 것은

"계획 없는 목표는 한낱 꿈에 불과하다."
- 생텍쥐페리

'아. 이 퀴퀴한 냄새 나는 곳을 벗어날 수가 없구나.'

어린 시절 기억을 더듬으면 방 한 칸에서 네 식구가 살았던 모습이 보인다. 어느 날 저녁 2살 위인 누나와 함께 울고 있는 내 모습. 부모님께서 TV를 사 오신다고 퇴근하여 집으로 언제나 오던 시간인 저녁 7시보다 1시간 늦은 8시에 집에 오셨다. 우린 그때 부모님께서 우리를 버리신 줄 알고 "아빠, 엄마"를 외치며 울고 또 울었다. 전화라도 있었으면 좋으련만. 공중화장실도 멀리 떨어져 있어서 지금 생각해 보면 불편한 것이 많았을 텐데, 당시 내가 살던 곳은 모두 그렇게 살아 내곤 했던 시절이었다.

초등학교 1학년에 입학하니 선생님께서 꿈에 관해 여쭤보신다.

'꿈이라고? 아하.'

생각할 겨를 없이 바로 꿈에 대하여 적는다. 어린 시절 거창하게 꾼 꿈 3가지.

하나는 햇빛이 잘 들어오는 큰 창문이 있는 곳에서 살아보는 것이었다.

학창 시절 이사 가는 곳마다 집 구조가 '지하실'이었다. 지하실 특유의 향기(냄새라고 표현하기에는 부정적인 것 같아 향기로 표현)가 있다. 그때는 그 향기의 정체를 인지하지 못했을 때라 그냥저냥 인정하며 살았지만 지금 돌이켜 보니 지하실의 쾌쾌한 향기였다. 창문이 없어, 주인집에서 공사를 해 주셔서 딱 오후 해 질 녘에 30분만 햇살이 안방으로 비치는 구조였다.

'나는 꼭 돈 벌어서 햇살이 가득 들어오는 집에서 살아야지.'

그것이 나의 당차고 패기 있는 첫 번째 꿈이었다.

그 꿈을 이루는 데는 15년이 흘러 대학교 3학년 때야 비로소 지하실을 벗어날 수 있었다.

나의 두 번째 꿈은 내 집 안에 있는 화장실에서 남 눈치 없이 편하게 볼일을 보는 것이었다.

아침이면 월세 들어 사는 네 집의 사람들이 줄지어서 공용화장실 문 앞을 서성이며 휴지를 들고 너도나도 서 있는 모습이 어찌 그리 웃을 수도 울 수도 없는 현실이었는지 모른다.(당시 어린 시절 시점으로 표현하면) 아주머니들은 그나마 괜찮았다. 아저씨들은 모두 하나같이 담배를 물고 세상에 있는 모든 땅이 푹 꺼지기라도 비는 듯 한숨을 푹푹 쉬는데 나 역시 옆에서 담배 피는 흉내를 내어 아빠에게 혼이 났던 기억이 떠오른다.

그나저나 소변은 화장실이 아닌 담벼락에 하곤 했는데 가끔 담벼락 너머 누군가와 눈이 마주칠 때면 나는 지금 잠시 주변을 구경나온 사람처럼 콧노래를 부르는 가식적인 내 모습도 생각난다.

처음으로 화장실이 집안에 달린 곳으로 이사한 그날을 잊지 못한다. 무슨 꿈이 이뤄진 사람인 마냥 몇 날 며칠 웃음이 가득했다고나 할까. 어린 시절 모습을 떠올리면 유독 화장실과 지하실에서 살았던 풍경이 가장 먼저 생각나는 이유는 왜일까?

집에 있으면 숨이 가빴다. 어머니와 아버지께서는 종종 돈 때문에 다툼이 잦아졌고, 누나는 가출까지 한 마당에 집 안에서 있었던 생기마저 조금씩 빛을 잃어 가고 있었다. 이때 나를 반겨준 것은 김용 작가의『영웅문』이란 무협지. 사람들이 왜 무협지 무협지 하는지를 그때 알게 됐다. 책에서 나온 사람들과의 인과 관계가 머릿속에 자연스럽게 그려지면서 나도 무협의 강호 안에 들어가 한 획을 긋는 듯한 느낌이었다. 현실과 책 속에서 펼쳐지는 상상의 나래는 감정적으로 힘들었던 학창 시절 유일하게 위안이 되었던 벗이었다.

어서 빨리 대학생이 되어 집을 벗어나고 싶었던 것이 나의 3번째 꿈이었다.

꿈이라고 표현하기도 사실 민망하다. 꿈이라고 하면 뭔가 사회에 나와, 되고 싶고, 그 속에서 가치 있는 무언가를 표현하는 단어이어야 하는데 나에게 있어서는 현실을 벗어나는 작은 소망에 불과했다. 벗어났다고 한들 그것이 뭔가 엄청난 성취감으로 다가오는 것이 아닌 현실 도피성이었기에 나에게 뭔가 하늘에서 내려오는 동아줄처럼 자극이 필요했다.

'나는 세상에 왜 태어났을까?'

'나에게도 사명이 있을까?'

'내 삶에 활력소는 무엇일까?'

깊은 사색에 잠기기를 수년 동안 해 왔다.

초등교사가 되어서도 진짜 꿈 찾기는 계속됐다. 겉으로 보기에는 전혀 문제가 없었다. 재밌게 살고 있고, 하루하루 열심히 살며, 때때로 무언가 최선을 다해 살아가는 모습으로 조직 안에서도 나름 인정받는 모습이었니. 다만 물이 흘러가는 듯한 인생 속에서 뭔가 모를 허무함이 몰려오던 때 다른 사람 또한 "인생이란 그런 거야."라며 함께 위안으로 삼곤 했다.

이때 나를 강하게 자극한 하나의 문장을 만난다. 처음에는 누구의 문장인지도 모른 채 마음속으로 좋은 문장이라 생각하며 되새기고 또 되새긴 문장이었다.

"맹인으로 태어나는 것보다 더 비극적인 일은 앞은 볼 수 있으나, 비전이 없는 것이다."

나중에 알게 된 것이 이 문구는 헬렌 켈러의 말이었다.

"맹인보다 더 불행한 건 시력은 있으나 비전이 없는 것이라."

눈도 보이지 않고, 말도 못 하고, 듣지도 못하지만, 이 3중고를 이겨내 사회에 선한 영향력을 끼치는 헬렌켈러의 모습 속에서 그동안 내가 불평으로만 생각했던 것들이 오히려 감사함으로 다가왔다. 세상을 바라보는 관점이 서서히 바뀌는 듯한 느낌이 들었다.

그때부터였을까? 나의 비전이 무엇인지, 내가 어떤 삶을 살고 싶은지, 나의 가치를 어떻게 세상 속에서 나눌 수 있는지. 고민했다고 해서 바로 뚝딱 결과가 나오지는 않았지만, 세상을 벗어나고 싶었던 과거와는 좀 더 다르게 사는 느낌이 들었다. 구본형 작가의 『익숙한 것과의 결별』의 제목처럼 서서히 나는 전과 다른 모습으로 하루하루의 벽돌을 쌓고, 나만의 성을 지어 가고 있었다. 어떤 성으로 모습이 탄생할지는 모르겠지만 예전보다 즐거운 마음으로 나의 일상을 바라보고 있다는 것이 중요하다.

비전을 향한 당시의 고민이 결국 책을 만나면서 꽃필 줄을 누가 예상이나 했겠는가. 내가 전혀 그리지 못했던 모습. 비전이 비전을 낳고 서서히 나는 변화의 길로 가고 있었다.

독서로 시작한 변화의 시작

"독서는 시간을 '보내는' 행위가 아니다.
주어진 시간을 나의 시간으로 '만드는' 행위다."
- 김범준 『나는 매일 책을 읽기로 했다』

내 인생의 전환점을 이야기할 때 빠지지 않는 것이 독서다. 사실 2012년까지는 책을 왜 읽어야 하는지, 어떤 책을 읽어야 할지, 어떻게 읽는 것이 좋은지를 전혀 몰랐다. 풍선에 바람이 빠진 것처럼 독서의 Why, What, How가 다 빠지니 삶과 연결이 전혀 되지 않았다. 의미를 지닌 삶이란 것은 그저 열심히 살면 되는 줄만 알았던 나였다. 그렇게 31살 때까지 줄곧 독서와 무관한 삶을 살아왔다. 그러다가 문득 한 권의 책을 만나면서 운명이 바뀌게 된다.

그 책 속에는 다양한 이야기가 있었지만, 기억에 오랫동안 남은 것이 〈100일 동안 33권 읽기 프로젝트〉였다. 무언가에 홀린 듯 100일 동안 독서의 양분을 주고 싶었던 나. 그전까지 전혀 책이란 책은 거들떠보지 않았던 나였기에 걱정이 앞서긴 했지만, 그래도 뭔가 있어 보인다. 책을 읽는 사람이라니. 책을 읽으면 좋다는 것은 아는데 나와는 전혀 다른 세계로만 여겼었다. 이런 나에게도 기회가 온 것이다.

"딱 100일만 읽어 보자. 이 책 속에 나온 대로 딱 100일만."

나에게 100일이란 시간이 뜻 깊게 다가왔다.

3일에 한 권 꼴로 읽어야 하는 〈100일 동안 33권 읽기 프로젝트〉로 인해 나의 인생은 완벽하게 턴어라운드 할 수 있게 됐다. 어떠한 것을 내 것으로 만들고 싶을 때 이 100이란 숫자가 참으로 나에게 의미 있게 다가온다. 딱 100번만 해 보자는 심정으로 열정의 한 스푼을 더하니 그 과정에서 인생을 배운다. 작심삼일이라도 좋다. 작심삼일을 33번 더하면 100이란 숫자가 채워진다. 그사이 나는 변해도 많이 변해 있다. 독서를 시작하고 100일 뒤 나는 독서가가 되었고 이때부터 나는 활자에 중독된 사람처럼 읽고, 또 읽고를 반복하였다. 내가 그동안 고민했던 것들이 모두 책 속에 남겨 있는 듯했고, 인생에 관하여 고민이 많던 나는 '자존'에 관련된 책들이 눈에 들어와 줄곧 손에서 떨어지지 않았다.

"책 읽는 일이 이렇게나 즐거웠던가."

책이 주는 힘이 기대 이상으로 대단하다. 책은 그저 지식을 얻는 수단만으로 알고 있었던 과거의 나 자신에게 한없이 미안할 정도로 지식을 넘어 지혜의 숲에 있는 기분이다.

"하루 동안 읽는 양이 많지 않더라도 매일 분량을 정해놓고 꾸준히 읽어 나간다면, 일시적으로 많은 책을 읽고 중단한 사람보다 훨씬 더 좋은 성취를 거둘 수 있다."

정조 대왕의 이 한마디는 내 손에서 책이 떠나지 않도록 하는 동력이다.

위인들의 삶, 성공자들의 삶을 들여다보면 하나같이 독서를 이야기하고 있음을 30대 중반이 되어서야 깨달았다. 우물 안 개구리가 따로 없었다. 그동안 내 프레임 안에서만 인생을 바라보고 있었으니 제대로 된 방향도 몰랐을 터. 독서를 했다고 해서 당장 인생이 달라지진 않지만 뭔가 모를 미소가 지어진다.

내가 가르쳤던 한 친구의 고백이 바로 내가 하고 싶은 이야기였다.

“무슨 책을 보아도 독서란 말이 나왔다. 역시 독서는 최고다. 앞에서 말한 바와 같이 독서의 햇빛으로 충분한 독서 광합성을 받고 있다. 하지만 햇빛만 너무 받으면 식물이 시들어 버리니 교육의 물과 사랑의 보살핌도 충분히 받아 거창한 나무가 될 것이다. 거창한 나무를 꿈꿀 수 있어 감사하다.”

4. 무슨 책을 보아도 독서란 말이 나왔다. 역시 독서는 최고다.
앞에서 말한 바와 같이 독서의 햇빛으로 충분한 독서 광합성을
받고 있다. 하지만 햇빛만 너무 받으면 식물이 시들어 버리니
교육의 물과 사랑의 보살핌도 충분히 받아 거창한 나무가
될것이다. 거창한 나무를 꿈꿀수 있어 감사합니다.

그렇게 나는 책으로 하루하루 채워졌다. 독서 씨앗을 심고, 물을 주고, 거름을 주니 새싹이 돋아나고, 줄기가 뻗어나며, 꽃이 피고 열매를 맺는다. 어느 날 새벽 4시에 책을 읽다 눈물이 폭포수처럼 흘린 적이 있다. 이런 상상도 해 보았다. 만약 조선시대 때 태어났다면 내 이름 석 자도 모르고 살았을 운명이었겠지만 이 좋은 시대에 태어나 ‘글자’라는 귀한 선물을 알았으니 세종대왕에게 참으로 고마움이 느껴졌다. 소설책을 읽고 감동하여서 흘리는 눈물이 아닌 글자를 안다는 그 자체에 감동해서 우는 30대 아저씨의 모습이 그려지는가. 그 모습이 바로 나였다.

나 자신이 예전과 달리 느껴진다. 뭔가 가능성이 있는 사람으로. 교실에서 만난 아이들도 마찬가지. 나를 바라보는 시각이 달라지니 아이들 또한 달리 보인다. 무한한 잠재력을 가진 친구들로. 말썽만 피우던 친구조차 귀한 새싹 같다. 어떤 열매를 맺을지 진심으로 기대하는 눈으로 바라보니 학급 문제아가 싹 사라졌다.

'환경을 바꿀 수는 없지만, 나는 바꿀 수 있다.'

도덕책에서나 만나 봤을 법한 그 한 문장을 이해할 수 있었다. 관점의 변화는 실로 놀라웠다. 그 뒤로 더 처절하게 책에 푹 빠져 살았다. 감사함에 눈물이 계속 흐르다 못해 수업하는 중에도 휴지를 달고 살았다. 아이들이 진정으로 글자의 소중함을 느꼈으면 하는 바람으로 책 읽는 시간을 풍성히 나누었다.

"선생님 저 이○○이에요. 선생님이 요즘 많이 감동하셨나 봐요. 그래서 요즘 많이 우시고 전보다 많이 달라지셨어요. 어떤 점이냐면 선생님이 우리들의 생활을 전보다 더 꼼꼼하게 보시더군요. 그래서 저도 선생님이 우실 때마다 저도 선생님께 많이 감동해요. 그리고 요즘 선생님이 위인 같아요. 선생님께서 위인이 아니어도 좋아요. 새해 복 많이 받으세요."

TO 선생님께

선생님 저 이OO이에요 선생님이 요즘
많이 감동 받으셨나 봐요 그래서 요즘
전보다 많이 달라지셨어요. 어떤 점이냐면
선생님이 우리들의 생활을 전보다 더 꼼꼼하게
보더군요. 그래서 저도 선생님이 우실 때마다
저도 선생님한테 많은 감동해요. 그리고 요즘 선생님이 위인
같아요. 선생님 위인이 아니어도 좋아요. from 이OO

책은 이렇게 나의 삶을 변화시켜 주나 보다. 아이의 눈에도 비칠 정도였으니. 흔들릴 때마다 초심을 기억하기 위해 아이들이 써 준 편지를 읽어 본다. 당시 느꼈던 감흥은 절대로 잊히지 않는 내 인생의 강력한 흔적이다.

누군가 독서를 제대로 해 보고 싶다면 나는 아래와 같이 이야기한다.

"100일 동안 미쳐본 적이 있나요? 저는 미친 듯이 했습니다. 그러다 보니 소중한 선물을 받은 것 같아요. 호아킴 데 포사다의 『99℃』를 읽으며 100℃로 끓는 열정의 힘이 얼마나 중요한지를 깨달았어요. 그다음에 나를 믿고, 믿음을 토대로 가치 있는 것을 연결하여 계속해 나가는 거죠. 그 순간 저는 항상 99℃에서 머물렀다가 끝났던 것이 드디어 100℃에 도달할 수가 있었습니다. 독서 습관이 그 시작이었습니다. 그러고 나서 저의 삶은 어떻게 됐을까요? 맞아요. 급속도로 변화가 되었어요. 그 변화의 소용돌이 속에서 저는 또 다른 꿈을 꿀 수가 있었고 그것이 바로 꿈 너머 꿈이 될 수가 있었죠.

제가 좋아하는 동기부여가 찰스 존슨의 명언이 있어요.

'우리가 5년 뒤를 알기 위해서는 지금 읽고 있는 책과 내가 지금 만나는 사람이 누구인가 하는 것이다.'

제 손에는 저의 내면을 살찌우는 양서가 있고, 그를 벗 삼아 좋은 분들과 이렇게 만나서 함께 읽고 쓰며 나누고 있습니다. 하나씩 채워지면서 저의 삶 또한 더 변화되는 것 같아요. 어제보다 오늘, 하루 1% 성장하는 삶을 꿈꿔봅니다. 하루 1%씩 성장하는 효과는 1년이 흘렀을 때 37배의 효과가 있다는 사실. 독서는 그것을 가능케 하는 놀라운 도구랍니다. 우리 함께 책을 읽어요."

Live on the edge,
가장자리에서 매 순간을 살다

"내가 하고 싶은 일을 하고, 내가 하고 싶은 일을 믿고,
내가 믿는 일을 위해 노력하면, 그것은 어느 순간 내 것이 된다."

- 헤르만 헤세

2012년부터 시작된 독서 인생은 나의 삶에 윤활유 역할을 해 주었다. 뭔가 단조로웠던 삶이 즐거움과 설렘으로 바뀌게 되면서 책은 이제 나의 삶과 떼려야 뗄 수 없는 벗과 같은 존재인 셈이다. 책이 주는 즐거움이 이렇게 크니 모든 것은 책이 해결해 줄 것 같은 느낌에 만나는 사람마다 책읽기를 이야기했고, 장례식장에 함께 가는 친구에게도 책을 권할 정도로 나는 점점 책이라는 색안경을 끼고 살았다. 책이 모든 것의 해답인 것처럼 '책 교만함'에 빠진 것이다. 그 부정적인 감정을 씻어 주려고 했을까? 열정 가득하게 하루를 살아가던 나에게 우울증이라는 무

서운 병이 하루아침에 다가왔다.

하루하루가 숨 막힐 정도였다. 눈을 뜨면 왼쪽 가슴이 나를 계속 짓누르는 것처럼 아파왔고, 호흡도 제대로 하기 힘들었다. 그냥 죽고 싶은 마음이 나를 억눌렀으니 옆에 있던 가족은 오죽했으랴. 정말 힘들게 쌓은 모래성이 무너질까 봐 조마조마하게 살아가는 사람처럼 하루하루를 버티며 살아갈 뿐이었다.

그것을 이겨 내는 데 8개월이 걸렸다.

2017년 3월 19일 여느 날처럼 새벽에 눈이 떠지더니 가슴이 조여 왔다. 잠을 다시 청하기 어려워 일어나 세수를 하고 책장이 있는 작은 방에 갔다. 시계를 보니 새벽 3시 10분이었다.

'긴 새벽을 어떻게 보낸담.'

조용히 나만의 시간을 보내는데 책장에서 나를 부르는 것처럼 한 권의 책이 보였다. 조성희 작가의 『뜨겁게 나를 응원한다』이다. 이 책의 표지에는 이런 문구가 적혀 있었다.

"하루 10분의 필사, 100일 후의 기적"

독서 습관을 잡았을 때와 마찬가지로 100일만 해 보자는 심정으로 지푸라기라도 잡기 위해 첫 번째 글을 필사하기 시작했다.

"배움의 과정

인생은 학교다.
삶에서 일어나는 모든 일 중에 교훈을 담고 있지 않은 일이란 없다.
내가 그것을 배운다면 새로운 나로 진화할 수 있다."

나도 예전과 같은 열정을 지니고 싶었다. 아니 불안한 이 감정, 가슴이 저리는 것만이라도 없는 평안함을 가졌으면 하는 바람이었다. 내가 원한 것은 성공도, 성장도 아닌 그저 예전과 같은 평범한 일상일 뿐이다. 독서도 다 필요치 않았다. 지극히 보통의 하루면 족하다. 단지 그것이 내 소망의 전부였다. 당시는 몰랐다. 이 우울증이 나에게 엄청난 축복이 될 것이라고는.

조성희 작가의 책 덕분에 새벽에 일어나 할 일이 생겼다. 날짜에 따라 좋은 글을 필사하고 그것에 관한 내 생각 글을 적었다. 단지 단순한 이 행위를 했을 뿐인데 이상하다. 점점 일상에 호흡이 되살아나는 것 같다.

30일이 되니 가슴의 응어리가 모두 말끔히 해소됐다.

50일이 되니 글과 글이 서로 연결되어 예전보다 긴 글이 서슴지 않게 써진다.

100일이 되니 세상에서 느낀 공기 온도가 예전과 다른 것처럼 삶의 행복감이 뜨겁게 느껴진다.

365일이 되니 내 안에 숨겨졌던 날개가 돋아나는 느낌이 든다. 뭐든지 할 수 있을 것 같은 자신감이 든다.

새벽에 일어나 필사하고, 글을 썼을 뿐인데 완벽히 우울증이 없어졌다. 그 과정에서 강력한 무기 하나가 장착됐다. 바로 글쓰기다. 그전까지는 억지로 짜낸 글쓰기 형태라면 우울증 이후로는 뭔가 일상을 바라보는 관점이 바뀐 덕분에 글쓰기가 편해졌다. 일상의 모든 것들이 글감 자체다. 평범한 일상은 그렇게 글이 됐고 글을 통해 내 삶은 180도 바뀌게 됐다.

새벽 필사(미라클 모닝 필사)를 한 지 56일째 그 이유를 알게 됐다.

조성희 작가는 미국에서 트레이닝을 마치고 『시크릿』의 실제 주인공인 밥 프록터와 헤어지기 전 마지막으로 해 주고 싶은 말이 있냐고 그에게 물었다. 그때 그는 심플한 딱 한 마디를 했다고 한다.

"Live on the edge.
가장자리에서 매 순간을 살아라."

그 문구가 지금의 나에게도 똑같이 적용됐다. 가장자리에서 살아가는 방법을 몸으로 체득하니 제2의 삶이 나에게 주어졌다. 우물 안에서 헤매고 있던 자아가 우물 밖에 나와서 세상을 바라보는 시각이 넓게 주어진 셈이다. 나는 이때를 회상하며 누군가와 이야기를 나눌 때 "예전의 나는 죽고, 새로운 나가 태어났다."라고 표현한다. 그만큼 인생의 터닝 포인트를 경험했다. 아슬아슬하게 줄 타던 느낌은 나를 진정으로 성장할 수 있는 시간을 허락했다. 줄 끝에서 발견한 것은 성장 너머 있는 '자아'였기 때문이다.

그때 이후로 7년이란 시간이 흘렀다. 그 사이 우리 가족은 나뿐만 아니라, 아내, 아이들에게까지 책 출간을 넘어 함께 성장이란 시간을 가졌다.

(나)

– 2017년: 『행복한 수업을 위한 독서교육 콘서트』, 『선생님의 생각』

– 2018년: 『교사가 성장하면 수업도 성장한다』

– 2019년: 『선생님, 마음의 온도』

– 2020년: 『책에 나를 바치다』, 『평범한 일상은 어떻게 글이 되는가』
– 2022년: 『밀알샘 자기경영 노트』, 『우리는 사랑함으로써 선생님이 된다』
– 2023년: 『책 속 한 줄의 힘』, 『어서 오세요, 좌충우돌 행복 교실입니다』, 『교육에 진심입니다』, 『당신을 위한 책쓰기』(전자책)
– 2024년: 『초등 집중력을 키우는 동시 쓰기의 힘』, 『교사 N잡 백서』, 『퓨처티처』, 『눈 떠보니 초등교사』

(아내)
– 2018년: 『진짜 엄마 준비』
– 2022년: 『우정 자판기』
– 2023년: 『신조어를 통역해 드립니다』, 『쿵쿵! 마음을 말해 봐!』
– 2024년: 『끌어올려! 경제 지능 1: 용용 클럽 용돈을 지켜라!』
+ 추가 계약된 동화 4권(2025년 출간 예정)

(자녀)
– 2024년: 『국수 때밀이』

부부 작가를 넘어 가족 작가가 되어 서로의 영역에서 자신의 역량을 마음껏 나누는 중이다. 지난 7년 동안 많은 축복을 받았다. 누군가 나에게 성장의 비결을 물을 때 2016년 나를 짓누르던 우울증을 먼저 생각하곤 한다. 떨어질 것 같은 느낌의 인생 속에서 간절함이란 무기를 갖게 되었고, 진정한 나를 발견하여 오늘을 살아갈 힘이 생겼기 때문이다.

앞으로 펼쳐질 삶은 나에게는 보너스와 같다. 이미 예전의 나는 죽었기 때문이다. 하루하루가 신난다. 늘 새롭다. 같은 일상이 전혀 없다. 나날이 새로워지는 '일신 일일신 우일신'(日新日日新又日新, 진실로 해가 솟듯이 날마다 새로울 것이며 또 날마다 새로울 것이다.)의 삶을 살아가니 성장은 저절로 따라온다. 선순환의 에너지가 느껴진다. 받은 축복을 좋은 일에 쓸 것이다. 바로 지금, 이곳에서.

인생의 끈

내 인생 여기서

끝나지 않는다

6장

마흔의 혼란, 그 속에서 피어난 성장

최서영

- 방황 속에서 꿈을 마주하다
- 나의 삶을 다시 세우다
- 진정한 나만의 길을 걷다

해바라기처럼 밝은 미소를 지닌 그녀는,
아들 셋과 시어머니 아들 한 명과 동거 중이다.
반복되는 일상 속에서
점점 자신을 잃어 가는 공허함을 느꼈다.
우연히 만난 책과 남편의 한마디는
그녀의 삶에 작은 불씨를 심어 줬다.
새벽 4시, 고요한 시간 속에서 글쓰기를 시작하며
다시 스스로를 찾아갔다.
혼란 속에서 움튼 꿈은 그녀를 작가로,
그리고 그녀만의 길로 이끌었다.

마흔, 그것은 끝이 아닌 새로운 나를 그려 가는 시작이다.

방황 속에서
꿈을 마주하다

"우리는 길을 잃어야 비로소 자신을 이해하기 시작한다."

- 헨리 데이비드 소로

아이들을 깨우기 위해 거실로 향하던 발걸음이 유난히 무겁게 느껴졌다. 매일 같은 시간, 같은 자리에서 반복되는 일상에서 내 모습은 점점 흐려지고 있었다. 냉장고에서 우유를 꺼내는 순간, 손끝에 닿은 차가운 감촉이 유난히 날카롭게 느껴졌다. 마치 그 차가움이 내 마음을 짓누르는 것 같았다. 그동안 나는 아이들을 위해 쉼 없이 달려왔지만, 정작 내 삶은 어디에 있는지 알 수 없었다. 차가운 우유 팩을 손에 든 채, 나는 그날 처음으로 나 자신이 얼마나 희미해졌는지 깨달았다. 아들 셋을 키우며 전업주부로 살아온 지난 시간, 매일 반복되는 일상과 육아에 치여 가끔 나 자신이 어디에 있는지 모를 정도로 공허함을 느낀다.

매일 아침 눈을 뜨면 같은 일상이 반복된다. 아이들을 챙기고 식사를 준비하고 집안일을 하고 아이들을 학교에서 데려오는 일들이 연속되는 사이, 나는 점점 나 자신을 잃어 갔다. 아이들의 성장은 기쁨을 주었지만, 그 속에서도 나는 희미해지는 나를 느꼈다. 외부와의 단절감이 깊어지며 내가 사회에서 멀어지고 있다는 고립감은 점점 더 나를 옥죄었다. 친구들과의 만남도 어색해졌고 그들과 나누는 대화 속에서 나는 점점 소외감을 느꼈다. 그들은 직장생활과 승진 이야기로 분주했지만 나는 오직 아이들 이야기밖에 할 수 없었다. 내가 한때 꿈꿨던 모습과는 너무나 달랐다.

몇 달 전, 초등학교 동창 모임에서 친구들이 각자의 커리어와 성취를 이야기하는 모습을 보고 문득 나의 삶을 돌아보게 되었다. 그들의 성공담 속에서 나는 무엇을 이루었는지, 또 무엇을 위해 살아가고 있는지 혼란스러웠다. 그날 이후, 나에게는 허탈감이 깊이 밀려왔다. 그날 저녁, 식사를 마친 후 남편에게 조심스럽게 입을 열었다.

"여보, 나 요즘 나 자신을 잃어버린 것 같아. 내가 지금 제대로 사는 걸까? 친구들은 다들 커리어도 쌓고 무언가를 이루고 있는데 나는 그저 아이들 뒤치다꺼리만 하고 있어. 내 꿈은 잊힌 지 오래된 것 같아."

남편은 잠시 생각에 잠기더니 고개를 끄덕이며 내게 말했다.

"당신도 충분히 잘하고 있어. 아이들도 잘 키우고, 우리 가족을 위해 헌신하고 있잖아. 하지만 당신이 그렇게 느낀다면 뭔가 변화를 시도해 보면 어떨까? 당신도 당신을 위한 시간이 필요하지 않을까?"

남편의 말에 위로가 되었지만, 한편으로는 불안감이 들었다. 변화를 시도하는 것이 나를 더 혼란스럽게 할지도 모른다는 두려움이 생겼다. 그럼에도 마음속 어딘가에서 묻어두었던 무언가가 깨어나는 기분이었다. 그날 밤, 나는 잠이 오지 않아 뒤척이며 대학 시절을 떠올렸다. 문예창작동아리에서 활동하며 작가의 꿈을 꾸었던 시간, 그리고 현실에 부딪혀 그 꿈을 포기해야 했던 시간이 주마등처럼 스쳐 갔다. 작가가 되기를 꿈꾸던 나는 지금 어디에 있는 것일까? 그 꿈은 여전히 내 안에 살아 있었지만, 꿈과 지금의 현실은 너무 멀리 떨어져 있는 것 같았다.

다음 날 아침, 아이들을 학교에 보내고 집안일을 마친 후 잠시 소파에 앉았다. 차 한잔을 마시며 생각에 잠겼다. 아이들의 웃음소리와 함께 지내는 시간은 소중했지만, 나를 위한 시간이 부족하다는 생각이 들었다.

나는 내가 무엇을 잃어버렸는지, 무엇을 놓치고 있는지 고민하기 시작했다. 오후가 되자, 나는 도서관으로 향했다. 도서관에 들어서니 마음이 편안해졌다. 책장 사이를 거닐며 천천히 둘러보다가『나를 찾는 여행』이라는 책이 눈에 들어왔다. 책을 집어 들고 한적한 자리로 가서 앉았다. 첫 장을 펼치자 "자기 삶을 주도적으로 살아가는 방법"이라는 문장이 시선을 사로잡았다. 책을 읽으며 잃어버렸던 꿈과 열정을 되찾고 싶은 마음이 강하게 들었다. 책 속의 많은 구절이 마음에 와닿았다. 그중 한 문장은 특히 마음을 흔들었다.

"변화는 두려움을 극복하고 한 걸음씩 나아가는 것에서 시작된다."

이 구절을 여러 번 되새기며, 나도 변화를 시도해 봐야겠다고 다짐했다. 나는 더 이상 방황할 수 없다. 두렵더라도 나 자신을 찾기 위해 변화의 첫걸음을 내딛기로 했다.

며칠 후, 도서관 글쓰기 강좌에 신청했다. 모임 첫날, 긴장과 설렘이 뒤섞인 감정을 느꼈다. 자기소개를 통해 다른 사람들도 나와 비슷한 고민을 하고 있음을 알게 되었다. 그 후 10주 동안은 글쓰기 모임에 꾸준히 참석했다. 처음에는 글을 쓰는 것이 서툴렀지만, 점차 글쓰기를 통해 나의 감정과 생각을 표현하는 데서 큰 위안을 얻었다. 모임에서 만난 사람들과의 대화를 통해 나의 경험이 다른 이들에게도 영감을 줄 수 있음을 알게 되었다. 한 번은 모임에서 쓴 글을 발표하는 날, 떨리는 마음으로 글을 읽기 시작했다.

"아들 셋을 키우면서 하루하루가 전쟁 같았어요. 하지만 그 속에서 아이들이 성장하는 모습을 보며 큰 보람을 느꼈죠. 그러나 어느 순간, 저 자신을 잃어버린 듯한 기분이 들었어요. 그래서 이렇게 글을 쓰기 시작했습니다. 글쓰기는 저에게 새로운 활력을 주고, 다시 저 자신을 찾을 수 있는 계기가 되었습니다."

모임의 참가자들은 나의 이야기에 깊이 공감하며 격려의 박수를 보냈다. 그날 이후, 글쓰기에 대한 열정이 더욱 커졌다. 일상을 소재로 한 글을 쓰기 시작하며, 점차 나만의 스타일을 찾아갔다. 글쓰기를 통해 감정을 솔직하게 표현할 수 있었다. 글을 쓰는 시간은 치유의 시간이 되었고, 동시에 나를 돌아보는 기회가 됐다. 글쓰기를 통해 나를 표현하는 방법을 배우며, 잃어버린 자아를 다시금 찾아가고 있다. 하지만 현실적인 문제들은 여전히 존재한다. 가정과 육아, 그리고 집안일을 병행하며 글쓰기를 계속하는 것은 쉬운 일이 아니다.

블로그를 시작하고 일상에서 느끼는 소소한 이야기와 아이들과의 경험을 글로 써 내려갔다. 글은 점점 더 많은 이웃에게 사랑받게 되었고 큰 보람을 느꼈다. 하지만 여기까지 오는 길은 쉽지 않았다. 아이들의 등하교와 학원 보내기 그리고 집안일로 바쁜 일상에서 글을 쓰는 시간을 마련하는 것은 큰 도전이다. 아이들이 잠든 밤늦은 시간이나, 이른 새벽 시간을 활용해 글을 쓰기 시작했다. 피곤한 몸을 이끌고 글을 쓰는 것은 때로는 힘들었지만, 그 과정에서 느끼는 보람은 이루 말할 수 없다. 또한, 글쓰기를 통해 자녀들에게 꿈을 이루기 위해 노력하는 모습을 보여 주며 아이들에게도 꿈을 향해 도전하는 것의 중요성을 가르쳤다. 아이들은 엄마의 변화를 보며 큰 자극을 받고, 자신들도 각자의 꿈을 향해 노력하기로 다짐했다.

남편과의 대화에서 새로운 꿈을 이야기했다.

"여보, 나는 글쓰기에 정말 큰 열정을 느껴. 작가가 되고 싶다는 꿈이 생겼어. 나를 응원해 줄 수 있을까?"

남편은 웃으며 말했다.

"물론이지, 당신이 하고 싶은 일을 해야 해. 당신의 꿈을 응원할게."

그 말에 용기를 얻어 본격적으로 글쓰기에 몰두하기 시작했다. 그날 밤, 도서관에서 읽었던 책의 구절이 계속 머릿속을 맴돌았다.

"변화는 두려움을 극복하고 한 걸음씩 나아가는 것에서 시작된다."

아직은 희미하지만, 그 말이 내 안에 작은 빛을 비추는 것 같다. 나는 더 이상 방황 속에 머물지 않기로 했다. 첫걸음을 내딛는 두려움 속에서 희망이라는 이름의 빛을 찾아 나서기로 했다.

나의 삶을 다시 세우다

"당신이 가진 것으로, 당신이 있는 곳에서,
당신이 할 수 있는 일을 하라."
- 시어도어 루스벨트

내 안에서 다시 피어난 글쓰기에 대한 열정을 일상에서 어떻게 유지할지 고민했다. 결국, 나는 일상을 재정비하고 새로운 계획을 세우기 시작했다. 2022년 3월, 아직 코로나의 여파가 한창일 때 아이들이 다니는 초등학교에서 학부모를 대상으로 온라인 독서 특강을 진행했다. 밀알샘 김진수 선생님과의 인연이 시작됐다. 강의가 끝나고 학부모 독서동아리가 만들어졌다. 〈다독다독 多讀多讀〉이라는 따뜻한 모임명을 시작으로 우리는 많은 책을 읽었다. 그중 최정윤 선생님의 『엄마를 위한 미라클 모닝』은 왜 꼭 새벽이어야만 하는지 정확하게 짚어 주었고 나를 변화시켰다. 방해받지 않는 시간, 나를 들여다보기 좋은 시간, 같은 일을 해도 집중력이 높은 시간, 새롭게 태어나는 '시작' 시간, 마감 시간이 정해져 있고 아이를 키우는 엄마의 생활 리듬에 적절하다고 한다. 이 구절을 읽으며 새벽 기상을 결심하게 되었다. 2022년 4월 21일부터 시작된 미라클 모닝은 어느덧 965일 차다. 미라클 모닝은 매일 새벽 4시의 루틴으로 내 하루를 재구성했다. 1시간의 글쓰기, 1시간의 독서를 통해 나는 매일 나아졌다. 6시에는 아파트 단지 내 헬스장으로 간다. 글은 엉덩이 힘으로 쓴다고들 한다. 체력이 있어야 꾸준히 새벽 기상과 글을 쓸 수 있다.

운동을 마친 후 집에 돌아와 아침 식사를 차리고 아이들의 등교 준비를 한다. 올해부터 만 4세인 막내는 5학년, 3학년 형들이 다니는 초등학교 병설 유치원에 다닌다. 아침 8시 30분, 아들 셋이 집을 나서면 비로소 나의 시간이 온다. 아이들을 학교에 보내고 나면 오전 시간을 글쓰기에 할애한다. 집안일은 오후에 몰아서 하고 저녁에는 가족과의 시간을 소중히 여기기로 했다. 매일 아침, 커피 한 잔을 마시며 글쓰기에 몰두하는 시간이 점점 익숙해졌다. 처음에는 짧은 일기 형식으로 시작했지만, 점차 이야기 형식으로 글을 확장해 나갔다. 아이들과의 소소한 에피소드, 일상에서 느낀 감정들, 그리고 과거의 추억들을 글로 풀어내고 있다.

글쓰기 모임에서 만난 사람들과는 서로의 글을 공유하며 피드백을 주고받았다. 그 과정에서 많은 것을 배울 수 있었고 글쓰기 실력도 점점 향상됐다. 또한, 글을 쓰는 것만으로도 큰 위안을 얻었지만, 다른 사람들과 소통하며 새로운 시각을 접할 수 있었다. 그 후로, 나는 글쓰기 강좌에도 등록했다. 전문 작가의 강의를 들으며 글쓰기에 대한 이론적 배경과 실질적인 팁을 배울 수 있었다. 강사는 나에게 "글쓰기는 자신을 표현하는 강력한 도구입니다. 자신의 이야기를 두려워하지 말고 쓰세요."라고 말했다. 그 말을 듣고 나는 더욱 자신감을 얻었다. 강좌를 수강하는 동안, 다양한 글쓰기 기법을 배웠고 이를 나의 글에 하나씩 적용해 나갔다. 처음에는 어렵게 느껴졌던 것도 꾸준히 연습하면서 점점 익숙해졌다. 또한, 강사와 동료 수강생들로부터 긍정적인 피드백을 받으면서 나의 글에 대한 확신도 생겼다.

블로그를 운영하면서 글을 올리고 이웃들과 소통하는 것도 큰 즐거움이다. 처음에는 소수의 방문자만 있었지만, 점차 나의 글을 좋아해 주는 이웃들이 늘어갔다. 독자들의 댓글과 응원 메시지는 나에게 큰 힘이 되었다. 글을 통해 사람들과 연결될 수 있다는 사실이 무척 기뻤다. 글쓰기에 대한 열정은 점점 더 커지고 나는 작은 목표를 세우기 시작했다. 단편 소설을 써서 공모전에 도전해 보기로 한 것이다. 처음에는 두려움도 있었지만, 끊임없이 연습하고 수정하며 글을 완성해 나갔다. 아이들이 학교에 간 동안, 가사 일을 마친 후, 밤늦은 시간까지도 글을 쓰기 위해 시간을 쏟았다.

공모전에 글을 제출하고 나서 결과를 기다리는 동안 많은 생각이 들었다. 내가 정말로 작가가 될 수 있을까? 하지만 그 과정에서 얻은 경험과 성장은 그 자체로 소중했다. 이 과정에서 나는 자신을 위한 시간의 중요성과 꿈을 이루기 위한 노력의 가치를 배웠다. 글쓰기는 나를 표현하고 사람들과 소통하는 기쁨을 선물해 줬다.

2022년 12월, 내 삶에 또 하나의 전환점이 찾아왔다. 자청의 『역행자』를 읽고 이 책에서 제안하는 '22전략'에 깊은 영감을 받았다. "현재의 내가 미래의 나를 만든다."라는 이 단순하지만 강렬한 메시지는 내 일상을 바꾸어 놓았다. 나는 하루에 2시간씩 책을 읽고 2시간씩 글을 쓰기 시작했다. 처음에는 버겁게 느껴졌지만, 매일 쌓아 가는 시간이 나를 조금씩 바꿔나가는 것을 느꼈다. 그동안 잃어버렸던 나를 다시 찾는 시간이었다. 이 습관은 내가 변화의 흐름에 올라타는 데 가장 중요한 동력이다.

그리고 2023년, 내 인생에 또 한 권의 책이 깊은 흔적을 남겼다. 바로 『세이노의 가르침』이다. 책을 읽는 내내 세이노의 철학과 통찰에 깊이 공감했고, 책장을 넘길수록 진지하게 그를 만나고 싶다는 열망이 커졌다. 마침 2026년 1월 1일, 데이원 출판사를 통해 세이노와의 만남이 주

선된다는 소식을 접하고 나는 나 자신에게 다짐했다. 그날 나 역시 세이노에게 배운 가르침을 바탕으로 스스로 증명된 삶을 살아가겠다고. 그의 가르침을 따라 더 깊이 배우고 실천하는 삶은 나를 새로운 방향으로 나아가게 했다. 변화는 단지 하루아침에 이루어지는 것이 아니라, 내 안에 작은 성공들이 쌓이면서 만들어진다는 것을 이 두 권의 책을 통해 배웠다. 글쓰기를 통해 내 생각을 정리하고 책 읽기를 통해 새로운 통찰을 얻으며 나는 점차 내가 진정 원하는 방향으로 걸어가고 있다.

나는 앞으로도 글쓰기를 계속할 것이다. 이제는 단순히 꿈이 아닌, 내 삶의 일부가 된 글쓰기를 통해 더 많은 이야기를 전하고 더 많은 사람에게 영감을 주고 싶다. 그리고 무엇보다도 나 자신을 위한 삶을 살아가고자 한다. 10주 동안 글쓰기 모임에서 함께 나눈 시간, 그리고 새벽마다 쌓아 올린 단어들이 나에게 새로운 확신을 심어 주었다. 변화는 내가 두려워했던 것처럼 나를 혼란스럽게 만드는 것이 아니라, 오히려 나를 더 나답게 만드는 과정이었다. 이제 나는 혼란이 아닌 희망의 중심에 서 있다. 나 자신을 향해 내딛는 이 걸음이 더 큰 변화를 만들어 낼 것임을 믿는다.

진정한
나만의 길을 걷다

"우리는 우리가 반복적으로 하는 것이다.
그러므로 탁월함은 행동이 아니라 습관이다."
- 아리스토텔레스

나는 글쓰기를 통해 잃어버렸던 꿈을 되찾고 새로운 목표를 향해 나아가기 시작했다. 이제 나는 단순히 글을 쓰는 것이 아니라 진정한 작가로서의 길을 걷기 시작했다. 글쓰기에 몰두하는 한편, 내가 가진 경험과 가치를 더 많은 사람에게 전하고 싶은 마음이 점점 더 강해졌다. 특히 환경보호와 지속 가능한 삶에 대한 관심은 일상에서도 꾸준히 이어졌다.

2023년 11월, 다독다독 독서 모임에서 『퓨처 셀프』를 읽고 우리는 각자 미래의 자신에게 편지를 쓰는 시간을 가졌다. 나는 그 자리에서 나 자신에게 이렇게 말했다.

"2024년의 나는 책 네 권을 출간한 베스트셀러 작가가 되었다. 나는 나 자신과의 약속을 지켰고, 내 글이 사람들에게 영감과 변화를 선물하고 있다."

이 편지를 쓰는 순간, 마치 그 미래가 현실이 된 것처럼 생생하게 느껴졌다. 나의 글이 독자들에게 닿아 그들의 삶을 바꾸는 상상을 할 때마다 가슴이 뛰었다. 독서 모임의 독서 동지들은 박수를 보내며 함께 응원해 줬다. 나는 그날의 다짐을 가슴에 새기고 글쓰기에 몰두했다. 그리고 약속을 지켰다.

2024년 한 해 동안, 나는 두 권의 공저를 통해 다른 작가들과 협업하며 새로운 시각을 배웠다. 환경 그림책은 아이들에게 환경 보호의 중요성을 이야기하는 작품이 되었고, 청소년 소설은 나 자신과 깊이 마주하며 완성한 첫 번째 장편이다. 이 모든 과정은 단순히 목표를 이루는 것 이상의 경험이다. 퓨처셀프의 편지는 단순한 선언이 아니다. 그것은 내가 네 권의 책을 완성하는 원동력이고, 꿈을 현실로 바꾸는 도구다.

어느 날, 지역 초등학교에서 '에너지 절약과 분리배출'을 주제로 강의 요청을 받았다. 아이들을 키우며 실천해 온 작은 환경 보호 활동들이 나만의 노하우로 자리 잡은 덕분이다. 처음에는 망설였다. 과연 내가 아이들에게 효과적으로 전달할 수 있을까? 하지만 내가 쓴 글을 통해 스스로 성장했던 것처럼 말과 글로 그들에게 변화를 선물할 수 있다는 생각이 들었다. 지역단체인 녹색소비자연대 대표님과 강사님들의 도움이 컸다. 강의 자료를 함께 준비한 덕분에 조금 수월하게 할 수 있었다.

강의 날, 아이들에게 "여러분, 환경을 위해 우리가 할 수 있는 가장 쉬운 실천은 무엇일까요?"라고 묻자 잠시 정적이 흘렀다. 한 아이가 손을 들고 조심스럽게 말했다. "음… 쓰레기를 덜 만드는 거요?" 나는 미소 지으며 "맞아요, 정말 좋은 대답이에요. 쓰레기를 덜 만들고 재활용을 잘하는 것만으로도 지구는 큰 힘을 얻어요."라고 답했다. 아이들의 눈빛이 반짝이는 것을 보며 나는 새로운 희망을 느꼈다. 간단한 퀴즈와 사례를 통해 에너지를 절약하는 방법을 알려 주었고, 수업이 끝난 후 몇몇 아이들은 이렇게 말했다. "선생님, 오늘부터 우리 집에서 바로 실천해 볼게요!" 나는 그 말을 하는 아이들의 순수함과 변화의 가능성에 크게 감동했다.

그날 오후에는 지역아동센터에서 '현명한 소비'를 주제로 강의를 진행했다. 지역아동센터의 아이들은 다양한 배경을 가지고 있었고, 그들 중에는 경제적인 어려움을 겪는 아이들도 있었다. 나는 "지구를 생각하는 소비란 무엇일까요?"라는 질문으로 시작된 강의는 아이들의 호기심과 참여 속에 활기를 띠었다. 한 아이가 말했다. "선생님, 우리 집에 안 쓰는 물건이 많아요. 그걸 그냥 버리는 게 아니라, 필요한 사람에게 주면 좋겠네요!" 아이들의 순수한 깨달음이 내 마음을 울렸다.

그날 집으로 돌아와 글을 쓰며 깨달았다. 강의를 통해 만난 아이들은 나에게 큰 영감을 주었다. 내가 그들에게 전해 주고자 했던 메시지들은 오히려 나를 더욱 단단하게 만들어 주었다. 그들은 나에게 세상과 연결하는 새로운 통로를 열어 주었다. 아이들과 함께 환경과 소비에 관해 이야기하며, 나 또한 내가 걷고 있는 길에 대해 확신했다.

초등학교에서 강의한 내용을 기반으로 나는 환경을 주제로 한 단편소설을 쓰기 시작했다. 에너지 절약과 쓰레기를 자원으로 이용하는 내용을 이야기 속에 녹여내며 실천적인 메시지를 전달하고 싶었다. 이 작업은 단순한 창작 이상의 의미가 있으며 글쓰기에 새로운 활력을 불어넣어 주었다. 글쓰기는 취미를 넘어, 나의 열정이자 삶의 중요한 부분이다. 매일 아침, 커피 한 잔과 함께 글을 쓴다. 아이들이 등교 후의 조용한 시간이 가장 소중한 시간이다. 그 시간 동안 나는 창작의 세계에 몰입할 수 있다. 가끔은 집안일을 뒤로 미루고 글쓰기에만 몰두하기도 한다. 그럴 때마다 남편과 아이들은 나를 이해해 주고 응원해 준다.

글을 쓰는 과정은 항상 순탄하지 않다. 때로는 글이 잘 써지지 않아 답답함을 느끼기도 하고 아이디어가 고갈된 듯한 기분이 들 때도 있다. 그러나 나는 포기하지 않는다. 글쓰기 강좌에서 배운 대로 꾸준히 쓰고 수정하며 나의 글을 끊임없이 발전시켜 나간다. 또한, 글쓰기 모임에서 만난 친구들과의 소통을 통해 새로운 영감을 얻는다. 공모전에서 몇 번의 실패와 좌절을 겪으면서도 나는 글쓰기에 대한 열정을 잃지 않았다.

송숙희 작가는 "책을 쓰는 일은 한 사람의 인생을 집대성하는 작업이다."라고 한다. 이 문장은 내가 글쓰기에 전념하며 느꼈던 모든 감정을 대변하는 말이다. 작가로서의 길을 걷는 동안, 나는 끊임없이 배우고 성장했다. 새로운 글을 쓰기 위해 많은 책을 읽고 다양한 경험을 쌓았다. 여행을 통해 새로운 영감을 얻기도 하고 일상에서 작은 기쁨과 슬픔을 발견하기도 한다. 그 모든 것이 글쓰기에 큰 도움이 됐다. 또한, 나는 가족과의 시간을 소중히 여긴다. 남편과 아이들은 나의 가장 큰 응원자이자 영감의 원천이다. 그들과 함께하는 시간이 나에게는 가장 큰 행복이다. 아이들이 성장하는 모습을 보고 그들의 꿈을 응원하며 나도 나의 꿈을 향해 나아갈 수 있다.

지금도 나는 매일 글을 쓴다. 새로운 이야기를 만들어 내고 그 이야기를 통해 사람들과 소통하는 것이 내 삶의 큰 기쁨이다. 앞으로도 더 많은 이야기를 쓰고 더 많은 사람에게 영감을 주고 싶다. 작가로서의 길은 때로는 힘들고 고된 여정이지만 그만큼 보람 있고 행복한 길이다. 나는 꿈을 이루기 위해 끊임없이 노력하는 모습을 보여 주고 싶다. 아이들에게도 그리고 내 이야기를 읽는 모든 이들에게도 꿈을 향해 도전하는 것이 얼마나 중요한지, 그 과정에서 얻는 성취감이 얼마나 큰지 전하고 싶다.

마흔이란 시간을 건너며, 나는 새벽녘 강물처럼 조용히 흔들렸다. 고요 속에서 문득 깨달았다. 나를 이루던 조각들이 흩어지며 새롭게 맞춰지는 순간들이 있었다. 글을 쓰는 시간은 그 조각을 하나씩 맞추는 여정이었다. 나는 나의 스무 살, 첫 번째 청춘에 꿈꿨던 이야기를 뒤늦게 쓰기 시작했고, 두 번째 스무 살을 향해 조금씩 걸어가고 있다. 두 번째 스무 살은 내게 희미했던 흔적들이 선명해지고 그 위에 새로운 이야기가 덧그려질 것이다. 어쩌면 글쓰기는 마흔이라는 시간 속에서 내가 선택한 길, 두 번째 시작이다. 불확실한 길 위를 걷는 내내, 나는 생각했다. '이 길 끝에 내가 만나게 될 나는 어떤 모습일까?' 그리고 문득, 한강 작가님의 문장이 떠올랐다.

"산다는 건 두고 온 것들의 자리를 조금씩 밀어내며 앞으로 나아가는 일. 아주 천천히 더 가벼워지는 일."

나는 더 이상 나를 붙잡는 육아의 무게를 내려놓고 새로이 내 안에 스며드는 이야기를 맞이하려 한다. 마흔은 끝이 아닌 또 다른 시작이다. 첫 번째 스무 살의 꿈이 희미했다면, 두 번째 스무 살은 그 꿈에 색을 입히는 시간이 될 것이다.

나는 앞으로의 시간을 글로 채울 것이다. 나의 마흔, 두 번째 스무 살은 희미한 빛에서 선명한 그림으로 피어나는 여정이다. 그리고 언젠가, 그 그림이 누군가의 마음속에 작은 빛으로 머무를 수 있다면 그것으로 충분하다.

지금, 나는 내 삶의 가장 나다운 순간 속에 있다.

적보(赤步)

붉게 물든 나무 아래,

작은 발걸음이 빛난다.

가을은 속삭인다.

"너의 시간도 이렇게 찬란하길."

7장

마흔의 도전, 내 삶의 GPS를 다시 세팅할 때다

민초쌤

- G(Goal) : 목표가 있다면 흔들려도 괜찮아
- P(Progress) : 어제보다 오늘 조금 더 나아가면 돼
- S(Start) : 작은 꼼지락거림이면 시작으로 충분해

GPS(Global Positioning System, 전 지구 위치 확인 시스템) 없이
살았던 때가 언제인가 싶을 정도로 우리 삶에 친숙하다.
자동차 네비게이션 뿐만 아니라 대중교통을 기다릴 때,
자녀의 위치추적 등에서도 이용되는 시스템이다.
GPS가 없다면 운전할 때나 자녀가 외출할 때 불안할 것이다.
불안하지 않게 살아가기 위해 인생에도 GPS가 필요하다.
인생의 중반 내가 누군지, 어떻게 살아가고 있는지, 앞으로 어떻게 살아가야 할지
고민하고 실천하기 위해 다시 세팅해야 하는 마흔의 GPS는 무엇일까?

G(Goal):
목표가 있다면 흔들려도 괜찮아

"여윈 바늘 끝이 떨고 있는 한
우리는 그 바늘이 가리키는 방향을 믿어도 좋다."
- 신영복

매주 토요일 저녁 11시, TV에서 방영하는 〈나 혼자 산다〉라는 예능 프로그램을 시청하며 나 혼자 살았던 삶에 대해 생각에 잠길 때가 있다. 20대 중반부터 30대 초반까지 혼자만의 삶이 그리 나쁘지 않았다. 부모님의 결정에 따라 살아오다 온전히 나 스스로 결정하며 살아가는 삶이 낯설긴 했지만 큰 어려움은 없었다. 물리적으로는 진짜 혼자 살았던 것은 아니었지만, 원가족과 떨어져 사는 첫 경험은 혼자 사는 삶과 비슷한 정신적 독립을 느낄 수 있게 했다. 이모 가족과 같은 공간에 살고 있어 적절한 돌봄은 받았지만, 엄마 아빠와 달리 내 사생활을 간섭하지는 않았다. 직업적 특성으로 일과 삶의 균형이 보장되는 내 삶에 만족했다. 새로운 것을 배우고 싶은 나의 욕구는 학기 중의 집합 연수, 온라인 연수, 방학 기간의 합숙 연수, 장기간 연수로 채울 수 있었다. 그림, 악기, 운동 등 취미 활동도 즐겼다. 그러다 친한 지인들이 하나, 둘 결혼을 하고, 이젠 '나 혼자 삶'을 지지하던 엄마마저도 슬슬 결혼해야 하지 않냐는 불안을 내비쳤다.

남들도 다 하니까 결혼해야 한다고 생각했을까? 서른세 살, 그 시대 또래보다는 다소 늦은 결혼을 했다. 통계청 조사에 따르면 2011년, 여자 초혼 나이가 29.1세라고 하니 당시 사회적인 분위기상 만혼(晩婚)이긴 했다. 인생에서 해야 할 첫 퀘스트(Quest)를 완료한 것 같았다. 게임에서는 퀘스트를 달성하면 보상이 주어지니, 그 보상은 심리적인 안정감이 아닐까 기대했었다. 누가 뭐래도 내 편이 되어 줄 수 있는 사람과 함께 있을 것이라 예상했는데 현실은 그렇지 않았다.

그다음 퀘스트는 다들 알다시피 자녀였다. 학교에서 아이들을 많이 만나고, 그 아이들이 다 사랑스러운 것은 아님을 깨달았다. 그리고 아이는 그 부모의 거울인 것을 너무나 잘 알고 나니, 선뜻 부모가 되겠다는 용기가 나지 않았다. 교사 자녀는 똑똑하고 올바르게 자랄 거라는 사회적인 기대치가 있는 것 같아 내 아이를 꼭 낳아야겠다는 결심이 서지 않았다.

결혼 후 일 년이 되지 않았는데, 나이가 있으니 얼른 2세를 낳아야 한다고 엄마가 또 슬쩍 이야기를 꺼냈다. 남들도 결혼하면 아이를 낳으니 나 역시 아이를 낳고 키우기 시작했다. 이번에도 역시 퀘스트에 대한 보상은 기대와 달랐다. 주변 지인 몇몇은 자식이 정말 사랑스럽고, 그들이 커가면 '그만 자랐으면' 생각한다고 했다. 이유식을 만들어 먹이고, 예쁜 옷을 사 입히고, 자녀를 세심하게 보살피며 보람을 느끼는 엄마도 있었다. 하지만, 내가 이상한 건지 나에게는 그런 심리적인 보상이 없었다.

남들보다 늦게 시작한 결혼, 육아가 생각과 달랐다. 모두에게 다 결혼과 육아는 처음일 테지만, 충분히 고민하고 결정했다고 생각했는데 계획대로 되지 않아 점차 불만이 쌓여 갔다.

당시 남편도 계획했던 사업이 생각대로 잘되지 않았는지, 늦은 퇴근을 했고, 경제적으로도 어려움이 있어 육아와 집안일은 나의 몫이 되어 버렸다. 나의 불평불만은 고스란히 남편에게로 돌아갔다. "다른 집 남편은 주말마다 어디 갈지 계획 짜고 같이 시간을 보내, 다른 집 남편은 돈을 많이 벌어와, 이런 결혼 생활일 줄 알았다면 하지 않았을 거야." 해선 안 될 말로 상처를 주고 상처받으며 시간을 보냈다. 당시 남편이 너무 미워서 산 책이 아직 책장에 있다.

『남편이 죽어버렸으면 좋겠다』, 가부장적인 사회가 묵인하고 조장하는 아내의 희생에 관해 쓴 일본 작가의 글이었다. 남편이 봤으면 하는 마음에 그 책을 사서 읽고는 며칠 거실에 두기도 했었다.

큰아들이 6살 즈음, 심한 아토피를 앓았다. 큰 병원에 다녀도, 식이요법을 하고 생활 습관을 바꿔도 아토피는 나아질 기미가 없었다. 밤마다 피가 나도록 긁으며 푹 잠들지 못하는 아들 옆에서 나도 잠들지 못하고, 새벽에 앉아서 우두커니 내 삶을 원망하기도 했다. 세상 모르게 코 골며 잠든 남편에게는 마음속으로 저주를 퍼부어댔다. 외동아들을 키우면 내가 계속 같이 놀아 줘야 할 것 같고, 아이가 자라면서 외로울 것 같아 3살 터울로 둘째를 낳았다. 육아에 적극적이지 않은 남편, 아픈 큰아들, 어린 둘째 아들로 내 삶이 마음대로 되지 않는 국면을 맞았다. 다른 가정은 다 평화롭게 잘 사는 것 같고 나만 세상의 짐을 잔뜩 진 것 같았다. 나 혼자서는 내가 계획한 대로, 원하는 대로 다 이루며 살았는데, 함께 살아가는 것은 녹록치 않았다.

남편에 대한 불만이 커질수록 아빠에게 반감이 있는 우리 엄마가 생각났다. 엄마는 아빠와 함께 살기를 힘들어했으면서 왜 나에게는 결혼하라고 했을까? 청소년 시절, 엄마가 나와 동생들에게 자주 했던 말이 있었다. "너희가 성인이 되면 너희 아빠랑 이혼할 거야. 너희가 결혼할 때, 이혼 가정이라는 편견이 있으면 안 되니까 그때까지만 참으면서 살 거야" 이런 말을 하던 엄마는 왜 그 힘든 결혼 생활을 말리지 않았을까?

엄마가 원망스러웠다. 내가 결혼 후 얼마 지나지 않아 아빠가 파킨슨병 진단을 받았다. 당시에는 세상이 무너지는 줄 알았다. 엄마는 아빠의 병이 더 나빠지지 않도록 식이요법에 신경을 쓰셨다. 강황 가루로 밥을 짓고, 토마토를 매일 삶아서 주스를 만들고, 계절이 바뀔 때마다 몸보신을 위한 음식을 챙겼다. 그런 노력에 고마움의 표현을 일절 하지 않는 아빠에 대한 뒷담화는 모두 나와 여동생이 함께 들어야 했다. 나도 힘든데, 엄마의 힘듦까지 들어야 하는 내 처지가 서럽게 느껴질 때도 있었다. 하지만 아무에게도 말하지 못하고 딸에게만 말할 수 있는 엄마의 불평불만을 나 몰라라 할 수도 없었다.

다행스럽게도 첫째 아들의 아토피는 초등학생이 되면서 점차 개선되었다. 한 가지 고민이 사라지니 이번에는 나의 진로를 고민했다. 주변의 동료 교사는 승진 준비로 읍 · 면 단위의 학교로 가거나 부장 교사를 맡아 하고, 학교폭력 예방 기여 가산점이나 돌봄 교실 점수를 받기 위해 노력한다는 이야기가 들려왔다. 나는 어떤 교사가 될 것인가에 대해 진지하게 생각해 본 적은 없었다. 당시엔 그저 하루하루 직장에서 일하고, 육아와 살림을 하느라 정신이 없었다. 그러다가 초등학교 학부모가 되면서 약간의 여유가 생겼다. 내가 정년 때까지 교사로서 학교에 있을 수 있을까? 교직은 미래에도 철밥통일까?

승진 점수를 챙기려 읍 · 면 단위의 학교로 간다고 하니 나도 교직 경력 11년 만에 읍에 있는 학교로 옮겼다. 시어머니께 육아 도움을 받아야 해서 어머님 댁인 시내와 너무 멀리 떨어진 지역으로 갈 수는 없었다. 나의 경력을 돌아보니 10년이 넘은 교직 기간 동안 쌓아 놓은 특기가 없었다. 개인적인 생각으로는 교사가 뭐든 평균 이상으로 두루 잘해야 학생들이 다양한 경험을 하게 도울 수 있다고 믿어, 한 분야를 꾸준히 하기보다는 다양한 분야에 관심을 가졌다. 교육정책이 바뀌어 새롭게 강화하는 교육이 있으면, 그 교육에 관심을 두고 관련 연수를 들으며 수업에 반영하는 노력을 했다. TEE(Teaching English in English: 영어로 영어 가르치기)를 강조할 때는 TEE 영어 교사 역량 강화 연수지원을 하고 합격해서 한 달간의 미국 현지 연수를 포함한 프로그램을 이수했다. UDL(Universal Design for Learning: 보편적 학습설계)의 철학을 반영한 개별화 교육을 강조할 때는 관련 연구회 활동을 하며 교육과정에 반영할 수 있는 역량을 쌓았다. 요즘은 AI를 포함한 에듀테크 활용 교육이 강조되어 관련 기본, 심화 연수가 있을 때마다 연수를 신청해서 배우고 있다. 이렇듯 나 자신은 융통성 있게 대처한다고 노력했으나 교육 트렌드가 바뀌듯 나의 관심도 바뀌었다. 한때는 사회변화, 교육의 변화에 안테나를 쫙 펼치고 적절한 대응을 하는 것이 옳다고 생각하며 교육경력을 쌓아 왔다. 그러나 내 생각과 달리 한 분야를 수년간 물고 늘어지면서 연구하고 수업에 적용하는 교사들이 두각을 나타내고 있었다. 영어를 잘하는 교사, 과학이나 IT쪽에 전문성을 가진 교사, 독서교육의 전문가 등 특기를 쌓고 그런 주제로 강의를 하고, 책을 쓰며 입지를 굳히고 있는데 나는 이것도 저것도 아닌 '그냥 평범한 교사'라는 생각이 들었다. 전문분야를 가진 교사와 비교했을 때, 내 자존감은 낮아졌다. 더구나, 아들들 키우느라고 교육정책이나 교육과정 변화에 신경을 덜 쓰게 되니 나만 도태되고 있는 것 같아 우울했던 때였다. 그러다, 동료 교사가 교육 전문직 공부를 위한 스터디를 하자는 제안을 했다. 나의 자존감을 높일 기회가 필요했던 때라 길게 고민하지 않고 공부를 시작했다.

30대는 결혼, 출산, 육아, 집안 살림, 직장 업무로 정신이 없었지만, 틈만 나면 내 정체성에 대해 고민하고 무척 방황했던 시간이었다. 지금도 역시 그 방황은 이어지고 있지만, 30대를 지나 40대 초반, 중반으로 오면서 점차 흔들림의 폭이 줄어들고 있는 것을 느낀다. 나는 왜 그리 흔들렸을까? 삶을 살아오면서 흔들리지 않는 사람은 없을 것이다.

'왜 내 남편은 다른 남편처럼 주말에 가족과 함께 시간을 보내지 않나?'
'왜 내 아들은 다른 아이들처럼 건강하지 않나?'
'왜 나는 다른 교사들에 비해 특기가 없나?'
'왜 내 부모는 다른 부모들처럼 서로 사랑하며 살아가는 부부의 모습을 보이지 않나?'

내가 던진 질문은 다른 사람과 나의 상황을 비교하는 것들이었다. 내 삶의 기준점이 모두 나와 상관없는 내 외부에 집중되어 있었다. 남들처럼 살아가려고 아등바등하며 조바심을 냈다.

어디선가 접한 신영복 선생님의 글씨체로 쓰인 '지남철'이라는 글귀를 보고 '나의 삶이 나침반의 바늘과 같을까?' 생각한 적이 있다.

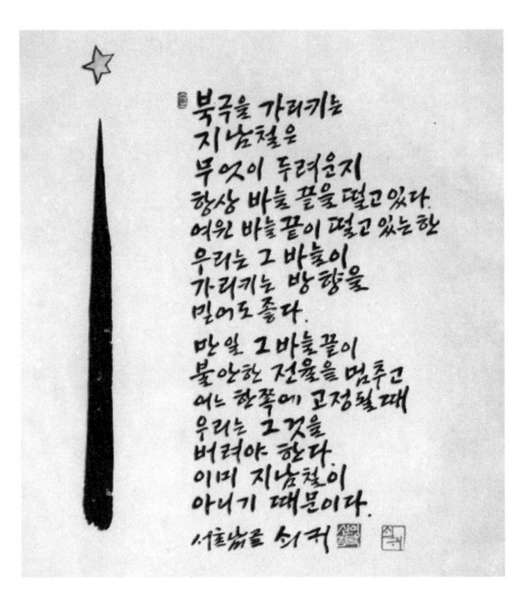

출처: 신영복 아카이브, shinyoungbok.net/shinyoungbok

나의 학창 시절 과학 수업 시간, 나침반과 자석을 받으면 선생님의 주의사항을 따르지 않고, 꼭 나침반 바늘을 자석에 붙이고 나침반 주변을 몇 바퀴 돌리며 놀던 학급 친구들이 있었다. 그 이유 때문이었는지 받은 나침반의 방향이 뒤죽박죽이라 어느 방향이 북쪽이고 남쪽인지 알 수 없었다. 주변의 강한 자성은 나침반이 역할을 할 수 없게 한다. 나의 외부 기준에만 집중하면 내 안의 목소리를 들을 수 없게 된다. 나침반이 북극을 찾기 위해 바늘을 조금씩 떨며 제 역할을 해내듯, 나는 내 삶의 목표를 찾기 위해, 목표를 이루기 위해 흔들려도 좋다. 나침반 주변의 강한 자석 같은 유혹이나 비교하고 싶은 욕망 따위에 사로잡히면 더 이상 스스로 흔들리지 않고 강한 자석만을 따라다니다 나를 잃게 될지도 모른다. 방황해도 좋다. 그게 삶이니까.

P(Progress):
어제보다 오늘 조금 더 나아가면 돼

"성공을 목표로 삼지 말라.
성공은 행복과 마찬가지로 찾을 수 있는 것이 아니라 찾아오는 것이다."

- 빅터 프랭클 『빅터 프랭클의 죽음의 수용소에서』

나의 한 걸음 이야기- 교육 전문직 시험과 함께한 4년

2019년 첫째가 8세, 둘째 아들이 5세일 때, 결혼, 출산, 육아로 교육 현장에서 제 몫을 다하지 못하고 있다고 느낄 때, 교육 전문직 시험공부를 제안받고 시작했다. 꼭 교육 전문직 시험에 합격해야지 다짐하고 시작했던 것은 아니었다. 단지 내가 아닌 가족을 위해 살며 잊고 있던 자신을 찾기 위한 변화의 시작이었다. 책꽂이에는 아직 버리지 못한 2019년부터 2024년까지 쓴 논술문, 기획서가 남아 있다. 얼마나 많은 논술

문과 기획서를 써 왔는지 정확히 세어 보지는 않았지만, 100편은 넘게 썼을 것이다.

2019년 아무것도 모르고 얼마나 오래 이 길을 걸어가야 할지 예상하지 못한 체 교육 전문직 공부를 하기 위해 스터디 모임에 들어갔다. 스터디를 이끄는 대표 선생님과 나는 3년 간 스터디 모임을 유지해 왔지만, 다른 구성원은 여러 번 바뀌었다. 학기 중과 방학 중에도 모임을 했고, 연구보고서, 교육 관련 도서, 논문, 매뉴얼, 공문 등 폭넓게 자료를 찾아 공부했었다. 매해 시험 문제가 손으로 직접 글씨를 쓰는 형태로 출제되었기 때문에 잘 써지는 펜을 한 뭉치 사고, 실제 답안지 형태의 종이를 만들고 출력하여 논술, 기획, 교직 교양의 답안을 써 가며 시험을 대비했다. 공부만 하다가 2020년 교육 전문직 시험에 처음 응시했다. 첫 도전이라 그냥 경험해 보자고 생각했지만, 그래도 욕심이 생겨서 은근히 기대했고, 다행히 1차 합격을 했다. 2차는 토의 토론, 기획서 발표, 즉문즉답의 형식이었다. 어떤 정신으로 면접을 봤는지 동문서답, 횡설수설했다. 그래서였을까 2차 결과는 불합격이었다. '첫술에 어떻게 배불러' 하며 다시 마음을 잡고 공부를 시작했다. 2021년 두 번째 교육 전문직 시험을 봤다. 다행히 1차 합격이었지만, 또 2차는 불합격이었다. 두 번째 실패는 처음보다 더 충격이 컸다. 아들이 초등학교 저학년, 유치원생일 때니 집안일, 육아, 업무, 공부까지 하느라 시간을 쪼개어 노력했는데, 또 낙방이어서 내 몸과 마음은 높은 곳에서 추락한 것 같았다. 그래서였을까? 다시 시작할 엄두가 나지 않았는지 그해 겨울 느닷없이 6개월 파견 연수를 할 수 있는 기회에 도전하였다. 미래교육교원리더십아카데미라는 경기도교육청 연수 프로그램에 지원서를 내고 면접을 봐서 합격했다. 교육 전문직 시험은 떨어졌지만, 또 다른 기회를 잡을 수 있었다.

2022년 3월부터 8월까지 파견 연수를 가게 되었다. 학교로 출근하지 않고 경기도혁신교육연수원(지금은 경기도미래교육연수원)으로 출근하여 연수 프로그램에 참여하는 것이었다. 한쪽 문이 닫히면 다른 쪽 문이 열린다고 했던가. 20여 년 가까이 학교에 출근했던 내가 연수원으로 출근하고, 비슷한 관심사를 가진 40명의 초 · 중 · 고등학교 선생님들과 공부할 기회를 가졌던 이 6개월이 삶에서 크게 성장했던 기간이라고 말할 수 있다. 미래학교와 미래 교육에 대한 고민과 배움, 성장을 하며 금방 6개월이 지나고 9월에는 다시 학교로 복귀했다. 학교로 복귀하니 다시 교육 전문직 시험을 준비하자는 스터디 구성원들이 있었다. 또다시 준비해서 2023년 교육 전문직 시험을 봤다. 3번째 도전이었다. 삼세판이라고, 삼이라는 숫자는 뭔가 꽉 차고 마무리를 의미하는 것 같아 기분 좋게 시험을 보고 결과를 기다렸다. 역시 1차 시험에 합격했다. 그동안 나의 불합격 요인은 2차 면접인 것 같아 다른 때보다 면접 연습을 충실히 했다. 다행히 면접 질문도 내가 준비한 내용과 비슷했고, 3번째 도전이다 보니 면접관 앞에서도 많이 떨지 않았다. 총 20분의 시간을 잘 배분하여 시간이 남거나 부족하지 않았고, 나름 조리 있게 답하고 나왔다. 그래서 이번에는 꼭 될 거라고 기대를 많이 했다.

2차 시험 결과를 기다리며 어느 때보다 불안하고 초조했는데 결과는 불합격이었다. 경기도교육청은 내가 필요하지 않은가 보다, 나는 교육 전문직에 맞지 않는 사람인가 보다고 부정적인 마음이 생겼고, 공부를 그만해야겠다고 결론지었다. 불합격 발표 후 맞은 여름 방학에 그동안 놀지 못했던 걸 다 놀아야겠다며 방학 중 아무런 연수도 신청하지 않았다. 방학이 시작되자 '삐뚤어질 테다' 생각하며 낮과 밤이 바뀌도록 내가 하고 싶은 대로 했다. 인기 있었던 드라마를 하루에 8편씩 몰아봐서 이틀 안에 15부작 드라마를 완주하고, 웹툰 한 세트를 빌려다가 하루 만에 다 읽기도 했다. 잠 올 때 자고, 일어나고 싶을 때 일어나고 먹고 싶을 때 먹고, 재밌는 영상을 보며 시간을 보내니 몸은 아주 편했다. 그렇게 일주일쯤 지났을까 노는 것도 슬슬 지겨워지고, 마음이 불편해지기 시작했다.

그즈음 우연히 친한 후배에게 들은 『아티스트 웨이, 마음의 소리를 듣는 시간』라는 책을 사서 책의 내용대로 실천하기로 결심했다. 방학이라 시간적 여유가 있어 새벽 5시에 일어나서 모닝페이지 3쪽을 쓰고, 운동을 다녀온 후 피곤하면 낮잠을 자기도 했다. 새벽 루틴을 만들기 위해서 계획을 세우고 차근차근 실천했다. 새벽 5시, 아무도 일어나지 않은 고요한 집 거실에서 떠오르는 생각을 물 흐르듯 끄적이다 보면 나를 스스로 가둔 감옥에서 조금씩 나올 수 있었다. 걱정하고 부정적인 상상을 하느라 쏟았던 에너지를 내 생각을 글로 쓰는 곳으로 돌리니, 마음이 편안해지고 무엇이든 다 잘될 거라는 희망을 품을 수 있었다. 그 때문인지, 다시금 기운을 차려 다시 한번 더 교육 전문직 시험에 도전하기 위해 준비했다.

2024년 5월, 4번째 교육 전문직 시험을 치렀다. 2024년에는 시험 방법에 큰 변화가 생겼다. 그동안 손으로 글씨를 쓰는 수기 형태에서 컴퓨터 기반의 CBT(Computer Based Test)로 바뀌었다. 시험 방법의 변화로 혼란을 겪은 응시자도 있었고, 나 역시도 그런 사람 중 1명이었다. 그렇지만 이번에도 앞선 3번의 시험과 같이 1차 시험에 합격했다. 4번째 도전도 앞선 3번의 시험 결과처럼 1차만 합격하는 게 아닐까 부정적인 생각이 들기도 했지만, 그즈음 90일 넘게 시도하고 있던 부정성 제로 실천 운동으로 내 안의 자존감이 강해지고 있던 때라 먹구름을 걷어 낼 힘이 생겼다. 마음이 힘들어 신청했던 개인 상담 때, 왜 내가 자꾸 2차 면접까지 치르고 시험에 떨어지는지 모르겠다고 고민을 털어놓자, 전문

상담사는 이론만 외워서 말하는 것보다 자기 경험을 바탕으로 이야기해야 진정성이 드러난다고 했다. 물론 머리로는 알고 있었지만, 면접 상황에서는 내 경험을 떠올리기 어려웠다. 다행히 이번에는 2차 시험에 실천 경험에 관해 묻는 문제가 나와 실천사례를 말해야 했다. 개인적인 생각으로는 고득점을 받을 수 있는 답변은 아니었지만 내 경험을 토대로 정책과 연결해 최선을 다해 답했다. 이번 시험이 앞선 3번의 시험보다 불안도가 높긴 했지만, 집중해서 공부한 시간이 길었다. 또한 12주 이상의 모닝페이지 실천, 개인 상담, 90일이 넘는 부정성 제로 운동 실천으로 생각만으로 비극을 써 왔던 내 태도가 장르를 바꾸었다. 2차 면접을 치르고 비극적 결말이 내 머릿속을 지배하지 않도록 '괜찮아, 잘 될 거야'를 속으로 되뇌었다. 시간이 날 때마다 유튜브로 이한철 가수의 〈슈퍼스타〉 노래를 들었다. 2022년에 6개월간 참여했던 미래교육교사리더십 아카데미에서 강사로 모시기도 했던 이한철 가수가 강의한 내용 중에 "이 노래를 부르면서 내 인생도 노래 제목처럼 변했다."라는 말이 기억났다. 2차 시험을 치르고 2주 후 금요일 최종 합격 발표의 날, 나의 4번째 도전은 마침내 성공했다.

나를 아는 지인들은 4년이라는 긴 시간 동안 전문직 시험 도전을 위한 노력을 포기하지 않고 이어 올 수 있었던 이유가 뭔지 궁금해한다. 매해 교육 트렌드, 교육정책의 변화에 관심을 가지고 그 변화를 따라잡기 위해, 같이 발맞추어 나가기 위해 민감하게 반응하는 나 스스로를 퍽 대견하게 여겼던 자존감이 공부를 지속할 수 있는 동력이었다. 공부한 내용을 바탕으로 신규 교사 멘토링 프로그램의 멘토 교사, 부장 교사 리더십 연수 강사 등의 역할을 하며 성장하는 나를 발견할 수 있었다. 결론적으로 내 목표는 전문직 시험 합격이 아니었다. 전문직 시험 합격은 내 삶의 목표를 이루기 위한 과정일 뿐이다.

나의 두 걸음 이야기- 나를 채워 준 책 읽기와 글쓰기

언젠가 『아티스트 웨이, 마음의 소리를 듣는 시간』 책을 나에게 추천해 준 후배에게 물었다. "넌, 이 책을 읽고 실천해 봤어?" 후배는 책에서 제안한 모닝페이지 12주 쓰기를 끝까지 실천하지 못했고, 몇 주 실천하면서도 내 안의 '창조성'이 깨어나고 있다든지, 실천 전과 크게 달라진 점을 체감하지 못했다고 했다. 그런데, 나는 왜 하루하루 나의 변화를 느끼며 12주 넘게 실천할 수 있었을까?

2021년 8월에 지역 교사 공동체에서 만난 인연들과 밴드를 만들었다. 밴드 이름은 〈바다가〉이지만, 여행 모임이 아니다. 밴드를 만들 당시 구성원 5명은 학문적인 호기심, 교육에 관심이 많다는 공통점이 있었지만, 사적으로 매우 친밀해지지는 않았다. 밴드명을 만들자고 제안했을 때, '지금은 아주 친하진 않지만, 언젠가는 함께 바다를 여행할 수 있도록 친밀한 관계가 되기를 바라는 마음'이 담긴 〈바다가〉를 제시하고 그 것이 밴드명이 되었다. 그렇게 책 읽고 밴드에 글쓰기 모임을 시작했다.

5명 중 한 명이 '책 읽고 글쓰기 미션'을 4주 실천하도록 올리고, 미션이 끝나면 또 다른 멤버가 글쓰기 미션을 제안하고, 그렇게 '하루 10분 책 읽고 글쓰기 실천'이 이어졌다. 글을 쓰고 나누며 우리는 단지 글을 나누는 것이 아닌 내 생활을 나누고, 마음을 나누고 있었다. 밴드명처럼 차츰 함께 〈바다가〉를 실천할 수 있는 관계를 맺어 갔다.

〈바다가〉 멤버 중에는 나를 이 밴드로 이끈 중심 역할을 한 인물이 있었다. 교육 전문직 스터디로 만난 선배는 2022년 가을 교육 전문직 시험에 합격하고, 그해 겨울 또 다른 좋은 인연과의 만남을 주선하였다. 그 만남에서 만난 멘토는 같은 지역의 교사로서 책 읽고 글쓰기를 실천하며 책도 여러 권 낸 작가였다. 멘토의 조언 중에서 "지금 바로 블로그를 개설하고 글을 써라"가 가장 실천하기 쉬워서 바로 그날 저녁 오래전 만들었으나 사용하지 않아 죽어 있던 나의 블로그를 소생시켰다. 2023년 블로그를 본격적으로 시작했다. 블로그 운영 주제를 잡지 못해서, 일단 책 읽고 글쓰기를 실천해 보기로 했다. 먼저 글쓰기 멘토의 책 『밀알샘 자기경영 노트』를 읽고 쓰기로 블로그 심폐소생을 시작했다. 다음으로 추천받았던 『리딩으로 리드하라』도 블로그 글쓰기 책이었다. 책을 읽으며 책 속에 인용된 또 다른 책을 발견하고 읽는 재미도 있었다. 100일 동안 33권의 책을 읽으면서 책 읽기의 평범한 단계에서 그다음 단계로의 성장에 도전하라는 메시지를 『독서 천재가 된 홍대리』 책에서 읽고 실천했다. 100일 동안 33권의 책을 읽고, 매일 블로그 글을 쓰는 것이 쉬운 일은 아니었다. 지역 도서관에 들렀다가 우연히 글쓰기 멘토를 만나 '100일 동안 33권의 책을 읽으면 뭔가 달라지는가?'라는 주제로 짧은 대화를 하기도 했다. 멘토는 자신도 책 읽고 글쓰기 경력 초반에 실천해 봤는데 "100일 동안 33권이 책 읽기를 완료했다고 뭔가 확 달라졌다는 것을 느끼진 못했다."라고 했다. 100일을 일주일 정도 남긴 때 나눈 대화였다. 정말 책 읽기 100일을 마무리했을 때, 내 삶에서 뭔가 달라진 점은 없었다.

100일간 33권의 책을 다 읽고, 우연히 접하게 된 책이 『아티스트 웨이: 나를 위한 12주간의 창조성 워크숍』였다. 워크북 형식의 책이라 책을 완독하고 실천하기보다는 주(week) 단위로 내가 실천하면서 책을 읽어 보자고 결심했고 12주 이상 모닝페이지를 이어 갈 수 있었다. 이 책을 추천해 준 후배는 같은 책을 읽었지만, 나와 같은 실천력이나 깨달음을 얻을 수 없었다고 했는데, 나는 문장 한줄 한줄에 공감하며 스펀지처럼 빨아들였다. 2021년부터 지속된 책 읽기와 글쓰기가 내 삶을 하루아침에 확 바꿀 수는 없다. 지금 와서 알게 된 사실은 내가 꾸준히 쌓아 온 '책 읽고 글쓰기력(力)'이 모닝페이지를 12주 동안 실천할 수 있는 근력이 되었다는 것이다. 책을 읽거나 조언을 들으면 '정말 그렇게 되면 모두 성공하겠네' 빈정거리면서 실천안 할 이유를 찾았던 내가 이제는 조언을 긍정적으로 받아들이고 책 속의 소중한 문장들을 찾아 도전하며 성장할 기회를 더 많이 얻을 수 있었다.

S(Start):
작은 꼼지락거림이면 시작으로 충분해

"지겨운가요 힘겨운가요. 숨이 턱까지 찼나요. 할 수 없죠. 어차피 시작해 버린 것을.
쏟아지는 햇살 속에 입이 바싹 말라 와도 할 수 없죠. 창피하게 멈춰 설 순 없으니."

- S.E.S <달리기>

요즘도 사춘기를 '질풍노도'의 시기라고 하는지 모르겠다. 나의 학창 시절을 생각해 보면 딱히 사춘기의 방황이나 고민이라고 할 만한 사건이나 타인과의 갈등이 없었다. 그냥 주어진 여건에서 학교와 집을 왔다 갔다 하며 학생으로서 내가 해야 할 일을 했다. 오히려 40대인 지금, 청소년기에 겪지 못한 질풍노도의 시기를 지나고 있는 게 아닌가 싶을 정도로 나에 대한 고민을 많이 하고 있다. 내가 누구인지, 내 인생의 목적은 무엇인지, 앞으로 어떻게 살아가야 하는지 스스로 묻고 답하기 위해 노력하고 있다. 지금 그 답을 명확히 할 수 있는지 묻는다면 "아직도 아니다. 다만 명확해지는 중이다."로 답할 수 있다.

많은 자기계발서, 명강의를 들으면 당장은 답을 얻은 듯이 느껴지고, 나도 바로 실천할 수 있을 것처럼 계획을 세우고 실천한다. 며칠을 실천하다가 금방 또 포기하고 다시 고민하기를 반복한다.

나에 대해 고민해 보는 기간을 거치며 나에 대해 조금 더 알게 되었다. 나라는 사람은 자신에 대한 기준치가 높아서 자꾸만 나를 채찍질하는 성향이 있다. 열심히 노력해도 그 결과가 기대치에 못 미치면 나를 비난하고 스스로 우울함에 빠진다. 성공 확률이 높은 것만 실행하려고 한다. 이런 나를 알아차리니 실패할 때 어떻게 대처할지, 어떻게 실천을 더 잘 할 수 있을지 계획을 세울 수 있었다. 예전에는 계획만 세우거나, 계획을 세우고 머릿속으로만 구상하다가 끝나거나, 며칠 실천하다가 중단되었다. 하지만, 지금은 나에게 적절한 방법을 찾아 좀 더 구체적인 실천을 하고, 중단되면 다른 방법으로 또 시작한다. 미라클 모닝을 통해 일과가 시작되기 전 준비하고, 긍정의 기운을 높여 멘탈을 관리하며 12주를 보냈다. 전문상담사와의 상담에서 '부정성 제로' 운동을 제안받아 90일 이상 실천하며 내 자존감을 높였다. 요즘은 켈리 최가 제안한 '긍정 확언'을 읽으며 아침을 시작하고 있다. 여러 가지 시도를 통해 나에게 맞는 방법을 찾아가는 것이다. 삶의 의미가 무엇인지, 어떻게 살아가야 하는지를 고민하는 사람들이 답을 구하기 위해 책을 읽고, 전문가의 강의를 찾아 듣는다. 먼저 꿈을 실현한 사람들은 조금씩 다른 방법을 제안하지만, 공통점이 있다. 자신의 꿈을 구체화하라는 것이다. 내 책상 앞에는 '드림보드'가 있다. 글쓰기 멘토가 이끄는 모임(부가세)에서 드림보드 만들기를 할 때 만든 것이다. 총 6개의 꿈을 적어두었고 신기하게도 그중 3가지를 이뤄 냈다. 나머지 3가지 꿈도 언젠가 이룰 수 있을 거란 확신이 있다. 『웰씽킹』에서 내 삶의 가치 5가지를 뽑아보라는 문장이 있어 생각해 본 적이 있다. 내가 뽑은 단어들은 '건강, 가족, 도전, 배움, 성취'이다. 건강과 가족은 누구나 우선순위로 생각하는 가치일 것이다. 건강과 가족 다음으로 내가 뽑은 3가지가 내 삶의 방향을 결정하는 키워드이다. 나는 항상 도전하고 배우며, 성취하면서 내 삶의 이유를 찾아가는 사람이다. 드림보드에 적힌 나머지 3가지 역시 '도전, 배움, 성취'와 연관이 있는 것들이다.

앞으로 성취할 첫 번째 드림보드의 미션은 영향력 있는 사람 되기이다. 20년 6개월을 교직에서 학생들을 가르쳤다. 이제 전직을 했지만, 여전히 교육계에서 일하고 있기에 학생, 학부모, 학교를 넘어 더 넓은 영역에서 교육을 주제로 영향력을 발휘하고 싶다는 꿈을 가지고 있다. 정보를 전달하는 방식이 다양해져서 책을 쓰거나 유튜브 영상을 찍거나, 직접 강의하는 등으로 꿈을 실천할 수 있다. 아니면, 나만의 또 다른 방식을 찾을 수도 있다. 어떤 방식이든 나에게 맞는 형태로 시작하자. 지금은 틈틈이 다른 사람들에게 도움이 되는 글을 블로그에 쓰고, 지역 교육을 지원할 수 있는 아이디어를 담은 계획서를 작성하고 있다.

두 번째 드림보드의 미션은 방 4개짜리 집으로 이사하기다.

평생 배워야 함을 알고 있기에 나를 위한 서재가 있는 집에 이사 가고 싶다는 꿈을 꾸고 있다. 부동산에 문외한이라 지금 당장 살던 집을 팔고 새로운 집을 사기는 어렵다. 나뿐만 아니라 가족의 거처에 대한 문제이기 때문에 혼자 결정하고 실행할 수는 없다. 불가능하다고 손 놓고 있기보다는 팬트리 공간을 청소하고 정리하여 서재처럼 꾸미는 대안을 생각해 볼 수 있다. 내 집 팬트리 공간은 아직 두 아들들의 장난감이 차지하고 있고, 몇 년간은 더 있을 예정이다. 내가 새롭게 찾은 나만의 공간은 화장대이다. 화장대 거울에 '아침 긍정 확언'을 붙이고 신윤복 선생님의 글귀가 담긴 달력을 놓고, 조화를 꽃병에 꽂고 깨끗하게 정리해 가끔 책을 읽고, 글을 쓸 수 있는 미니 서재를 만들었다.

드림보드 맨 마지막에는 크루즈(세계) 여행하기를 써 두었다.

새로운 문화를 체험하며 알아가는 것을 즐기기 때문에 언젠가 세계 여행을 갈 수 있다는 꿈을 꾸고 있다. 시간과 경제적 여건의 벽이 있어 지금 당장은 실행하기 어렵지만, 세계 여행을 위한 체력 기르기, 자금 마련을 위한 적금 붓기 등은 지금 당장 실행할 수 있다. 시간이 날 때마다 달리기를 하며 지구력을 키우고, 저축 앱으로 6개월 단기간 적금을 실천하며 6개월 후에 어떤 여행을 할까를 그려 보는 즐거움이 크다.

그밖에 하노이 국제학교 근무하기가 작은 글씨로 적혀 있다. 미혼 시절 1번, 최근에 또 1번, 머릿속으로는 수시로 도전했던 재외 한국학교 근무의 꿈을 갖고 있다. 미혼 때는 서류전형과 면접까지 봤고, 최근에도 지원서까지 썼다가 한국 생활을 정리할 용기와 에너지가 없어 제출하지 못했다. 10년 뒤쯤 재외 한국학교 관리자로 파견되는 꿈을 꾸며 외국어 공부를 시작했다 중단했다를 반복하고 있다.

책이나 강연에서 꿈은 크게 가지라고들 말한다. 꿈만 꾸고 있으면 아무것도 이룰 수 없다. 꿈은 내가 실천해야 하는 행동의 시작을 알리는 신호이다. 그 신호는 아주 미세한 경우가 많으므로 신호를 증폭시키기 위해서는 얼른 시작해야 한다. 또, 사람은 망각의 동물이기에 내 꿈을 구체화하기 위해 비슷한 활동을 계속 이어서 해야 한다. 모닝페이지를 끝내고, 부정성 제로를 실천해 봤고, 지금은 매일 아침 긍정 확언 20개를 읽으며 아침을 시작하고 있다. 이 활동이 계속 이어지면 좋겠지만, 또 중단될 가능성이 크다. 그럼 또 다른 방법으로 꿈을 구체화하기 위해 노력할 것이다. 흔히 인생을 마라톤으로 비유하기도 한다. 하지만 마라톤은 너무 힘들고 오래 뛰어야 하며 끝이 보이지 않아 단거리 달리기를 떠 올리고 싶다. 청소년 시절, 체력장에서 100미터 달리기 기록을 재었다. 단거리 달리기에 재능이 없어 남들보다 기록이 좋지 않았다. 그러나 끝나는 선이 보이기에 끝까지 달릴 수 있었다. 또 여러 번 달릴 기회를 주고 기록을 재어 제일 좋은 기록을 생활기록부에 기재해 주었다. 인생에서도 다양한 꿈을 꿀 수 있고, 그 꿈을 이루기 위해 많은 도전을 할 수 있다. 꿈은 100미터 달리기 출발선에서 울리는 출발 신호탄 역할을 하는 게 아닐까? 신호탄 소리가 크고 명확할수록, 그 신호에 집중할수록 빠르게 출발할 수 있다. 100미터 달리기 출발선에서 울리는 출발 신호탄 소리를 듣고 가만히 있을 수는 없다. 느리더라도 발을 땅에서 떼어야 한다. 달리기 결승선까지 가는 생각만 한다고 달리기를 끝낼 수는 없다. 지금 바로 작은 움직임이라도 시작해야 한다.

삶은 내가 만들어 가는 것

내가 좋아하는 것

바라는 것

할 수 있는 것

점을 찍고

그 점을 조금씩 이어 가다 보면

언젠가

내 삶이

나라는 사람이

조금씩 명확해지는 것

8장

마흔의 열중, 비행을 위한 도움닫기의 시간

나래

- 열심히 산다고 내 뜻대로 되는 건 아니더라
- 가만히 있는다고 누가 정답을 알려 주나
- 이제 내가 원하는 방향으로 내가 원하는 방식으로 열중할 차례

뭔가 이뤄 내기 위해 달음박질치던 시절도,

육아에 몰두했던 시간도,

나 자신을 찾아가는 지금도,

나뭇잎 사이로 비치는 햇빛처럼 값진 순간이다.

그 모든 열중하는 순간이 쌓여서

나라는 사람을 만든다.

열심히 산다고 내 뜻대로 되는 건 아니더라

"실패는 일시적이다. 포기는 영원하다."
- 바버라 코르코란

"○○아, 지금 6·25 난리도 아닌데 사는 게 왜 이렇게 힘들지?"

스물아홉 때, 노량진에서 같이 임용 공부했던 친구에게 했던 말이다. 6·25를 겪었던 어르신들이 들으면 애들이 뭣도 모르고 하는 말이라고 하시겠지만, 술도 못 마시는 둘이서 맥주 500ml를 나눠 마시면서 인생의 쓴맛에 관해 이야기했던 우리는 진지했다. 내가 열심히 살지 않은 때가 있었나? 초중고등학교 때 누구 하나 공부하라는 얘기를 안 해도 알아서 공부하는 모범생이었다. 하긴, 대학에 들어가서 1~2년을 공부 안 하고 놀긴 했다. 그럼 내가 지금 이렇게 힘든 건 그때 그 1~2년을 놀아서 일까? 쓴 맥주를 마시면서 친구와 나는 이유를 찾으려 애썼다.

고등학교 1학년이었던 1997년 IMF 외환위기 이후 점점 취업이 어려운 세상이 되었고 SKY 대학에 갈 수 있는 친구들도 교대, 사대에 입학했다. 그래서인지 임용고시의 문턱은 생각보다 높았고 부모님께 마냥 고시원 비와 학원 비를 달라고 하기 미안했던 나는 사기업에 입사했다. 서울에서 자취하며 회사에 다니니 살이 쑥쑥 빠져서 입던 청바지가 흘러내릴 지경이었다. 더 있다가는 딸내미가 미라(?)가 될 것 같았는지 부모님께서는 얼른 집으로 내려오라고 하셨다. 출퇴근에 4시간 이상을 써가며 회사에 다니다가 도저히 안 되겠다 싶어서 가까운 곳의 일자리를 찾았고 기간제 교사로 일하기 시작했다.

나는 수업 시간이 참 좋았다. 컨디션이 안 좋다가도 수업에만 들어가면 기운이 나고 우렁찬 목소리로 학생들을 가르쳤다. 친구와 대화하다가도 학생들이 재밌어할 것 같은 활동에 대한 아이디어가 떠오르면 수시로 메모했다. 아이들이 그 활동을 좋아하면 겉으로는 '뭐 이 정도는 기본이지.' 하는 표정을 짓고 있었지만, 속으로는 어린아이처럼 신이 났다. 학생들과 나 사이에 오고 가는 눈에 보이지 않는 무언가가 나를 행복하게 했다. 한 명의 학생도 수업에서 소외시키고 싶지 않았다. 인상이 사납고 큰 덩치에, 팔에 한 문신을 가리기 위해 여름에도 팔토시를 하고 다닌다는 한 남학생이 있었다. 학교를 자주 빠지고 수업 시간에는 매일 잠을 자는 학생이었다. 사실 속으로는 좀 무서웠지만, 그 학생도 수업에 참여시키고 싶었다. 연필이 없다는 말에 내 연필을 손에 쥐여 주며 다정한 말로 글씨를 따라 쓰도록 했다. 의외로 그 남학생은 내 말을 순순히 따라주었다. 젊은 여자 선생님이 애쓴다는 생각에 '내가 말 좀 들어주지 뭐.' 하고 따라주었을지도 모르겠지만, 항상 신경 써 주는 나의 정성을 알아준 것이 아닐까 하는 생각이 든다.

학생들과 함께하는 시간은 즐거웠지만, 내가 일했던 학교들은 평범한 학교가 아니었다. 첫해 일했던 학교의 한 관계자는 다음 해에 다시 채용원서를 내려는 나에게 "선생님, 내정된 사람이 있으니까 내년엔 채용원서 내지 마세요."라고 말했다. 그분은 첫해 열심히 일했던 내가 다시 기간제교사가 될 가능성이 크다고 생각했나 보다. 자신의 지인을 그 자리에 앉히고 싶었던 것이다. 일을 그만두고 육아를 하던 어느 날, 내가 일했던 그 학교를 '재단의 교사 채용 비리'와 관련된 시사고발프로그램에서 볼 수 있었다. 또 다른 학교는 살인적인 업무로 인해 교사들 사이에서 절대 가지 말아야 할 사립학교로 악명이 높은 곳이었다. 내가 근무하기 몇 년 전에 교사들을 착취하는 학교로 뉴스에 나온 적이 있었다고 한다. 나는 그런 학교인 줄 모르고 그저 학생들을 가르치고 싶어서 채용원서를 냈다. 그렇게 보람 있으면서도 고된 교직 생활을 하던 중에 지금의 남편을 만나 결혼했다. 곧 아기를 갖게 되었고 나의 30대는 출산과 육아, 특수교육대학원, 임용고시 준비로 쉴 새 없이 지나갔다.

아이를 낳고 육아에 집중하다가 특수교사 임용고시에 도전하기 위해 3년 동안 일요일을 제외하고 매일 도서관에서 공부했다. 나와 헤어지기 싫어서 우는 아이를 어린이집에 떼어놓고 나오는 발걸음은 무거웠다. 아이의 울음소리를 들으며 어린이집 담벼락에서 눈물을 훔친 적도 여러 번이다. 주말이면 남편은 쉽게 잠이 들지 않는 아이를 일찍 재우려고 동네 산이나 공원을 돌아다녔다. 엄마 없는 애인가 싶어 안쓰럽게 바라보는 할머니들의 눈길을 애써 모른척하면서. 남편은 힘들다는 말 한마디 없이 묵묵히 아이를 돌보고 집안일을 해 주었다. 나 혼자라면 모를까 내 공부 때문에 고생하는 남편과 아이의 희생을 헛되게 할 수는 없었다.

내 기억력은 20대 젊은 피 수험생들과 비교하면 형편없었고 본인 몸만 챙기면 되는 미혼인 수험생들에 비해 턱없이 시간이 부족했다. 처음엔 아침 9시부터 저녁 9시까지 도서관에서 공부했지만, 저질 체력인 나로서는 감당할 수 없는 스케줄이었다. 나는 도서관에서 공부하는 시간은 줄이되 시간을 허비하지 않기 위해 열람실에서 서서 암기했다. 열람실 한쪽 구석에 책을 세워놓고 몇 번 정독하고 나서 열람실의 다른 쪽 구석으로 걸어가며 내용을 되새겼다. 잘 기억이 나지 않으면 다시 읽은 후에 반대쪽으로 걸었다. 정해진 분량을 외우지 못하면 자리에 앉지 않았다. 졸음도 쫓으면서 부족한 운동량을 조금이나마 보충할 수 있었다. 20대 수험생들보다 암기력과 체력, 시간이 부족했지만 절실함은 훨씬 컸다. 천만다행으로 3년 만에 임용고시에 합격했고 내 합격 소식을 기다렸을 친정 부모님과 시부모님에게 전화하면서 기쁨의 눈물을 흘렸다. 첫 월급은 44살에 막내딸을 얻었던 연세가 많은 우리 아버지께, 두 번째 월급은 바쁜 며느리를 위해 매번 반찬을 해서 실어 날라주시고 손녀가 아플 때 돌봐주셨던 시부모님께 드렸다. 누군가에게 뭔가를 주면서 가장 행복한 날이었다.

임용고시에 합격하고 내가 발령받은 학교는 매해 특수교사 신규 발령이 나는 곳이었다. 그건 매해 그 학교를 떠나는 특수교사가 있다는 뜻이고 그만큼 힘든 학교라는 뜻이다. 내가 맡은 특수학급은 전일제 학생[2]이 3명이었고 정원이 꽉 차 있었다. 힘든 상황이었지만 힘든 경험도 필요하다고 생각했고 최선을 다했다. 그러나 노력만으로 해결되지 않는 것들이 있었다.

한 학생은 학교에 큰돈을 가져오면 안 된다고 여러 번 말해도 자물쇠

2 특수교육대상자 중 통합학급에 가지 않고 일과시간 내내 특수학급에서 생활하는 학생

조차 없는 사물함에 만 원권 여러 장을 떡하니 눈에 보이게 놓아두었다. 몰래 돈을 모으고 있던 그 학생은 돈을 집에 두면 부모님께 들킬 거라고 생각해서 그랬던 것 같다. 학교 일과 중에 갑자기 어딘가로 사라져 구석에 숨어 있기도 했다. 몸이 불편한 친구들도 열심히 하는 청소 시간에 자신은 힘들어서 못하겠다며 사회복무요원에게 대신해 달라고 하기도 했다. 곧 졸업해서 사회생활을 해야 할 학생이었기 때문에 이런 생활 태도를 바꿀 필요가 있다고 생각했다. 성찰문을 쓰도록 했고 며칠 동안 점심시간에 한자 일(一)부터 십(十)까지 쓰도록 했다. 황당하게도 그 학생은 이것을 핑계 삼아 가출했고 부모는 나 때문에 자신의 자녀가 집을 나갔다며 나를 몰아붙였다. 학교가 싫으면 등교를 거부하고 집에 숨어 있지 왜 가출했을까? 학생이 집에 들어오지 않은 그 날, 나 때문에 가출한 거라는 학부모의 말에 벼랑 끝에 내몰린 기분이었던 나는 잠을 한숨도 잘 수 없었다. 나중에 들으니 그 학생은 다음날 엄마에게 서울여행 왔다고 문자를 보냈다고 한다. 결국 학생은 집에 돌아왔고 부모는 담임 교체를 요구했다. 부모의 요구대로 그 학생은 옆 반으로 가고 나는 경위서를 써야 했다. 그 학생의 중학교 때 담당 선생님은, 그 학생이 가정에서 제대로 보살핌 받지 못했고 권위적인 아버지 때문에 항상 힘들어해서 매일 1시간씩 상담했었다고 하셨다. 그런 노력에도 불구하고 결국 중학교 때도 돈을 모아 가출했었다고 한다.

다음 해 담임을 맡은 한 학생은 우울증이 심하고 자살 위험성이 높은 학생이었다. 자주 죽고 싶다고 하고 차에 뛰어들고 싶다고 말하는 학생이어서 한시도 눈을 뗄 수 없었다. 한순간에 내가 맡은 학생이 목숨을 잃을 수도 있다고 생각하니 너무 걱정되고 그 학생과 관련된 모든 일에 굉장히 조심스러울 수밖에 없었다. 부모님의 마음도 나약해져 있어서 교사인 나를 의지하는 면이 강했다. 힘들었지만 거의 매일 부모님과 통화 또는 문자를 주고받으며 학생의 적응을 위해 노력했다. 어떻게든 학생을 돕기 위해서 여러 관련 기관에 도움을 요청했지만 서로 업무를 떠넘기려는 모습에 나는 그만 질려 버리고 말았다. 이 학생은 이후에 본인에게 맞는 약을 찾아서 증세가 약해졌고 학교생활에 잘 적응할 수 있었다. 내가 수많은 노력을 기울였던 것이 의사의 약 처방 하나로 해결되니, '난 그동안 뭘 한 거지?'라는 허망한 마음과 그래도 다행이라는 양가적 감정이 들었다.

힘든 시간도 지나가고 업무에도 어느 정도 적응됐다고 생각할 무렵 또 다른 어려움이 닥쳤다. 옆 반의 한 학생 학부모로부터 민원이 들어왔다. 학생의 말에 따르면, 내가 그 학생을 우리 교실로 불러서 그 학생 앞에서 부모님 험담을 한다는 것이었다. 학부모는 계속 이러면 국가인권위원회에 나를 신고한다고 했다. 나는 그 학부모의 얼굴도 모르는데 말이다. 당시에는 우리 반 지도에 쓸 에너지도 부족했던 상황이었기 때문에 나로서는 어이가 없는 민원이었고 동료 선생님들도 말도 안 된다고 입을 모아 말했다. 게다가 내 교실에는 항상 사회복무요원이 함께 있었기 때문에 도저히 있을 수 없는 일이었다. 하지만 그 학생은 집에서 울고불고 괴로워하며 부모님께 호소하고 있다는 것이다. 정작 학교에 와서는 아무 문제없이 밝게 생활했고 심지어 수업 시간에 만들었던 사탕을 나에게 선물하기도 했다. 학부모는 이 일에 대해 학생에게 직접 묻지 말라고 강하게 요구했고 우리는 이 일에 대해 학생에게 직접 물어볼 수 없었다. 이후로도 여러 번 학부모의 민원이 계속되었다. 학부모는 장애가 있는 학생이 어떻게 이렇게 지속적이고 일관되게 거짓말을 할 수 있겠냐며, 뭐라도 있으니까 그러는 게 아니겠냐고 했다. 하지도 않은 일에 대해 의심을 받는 내 상황이 너무 억울하고 답답해서 속앓이하는 날들이 몇 개월간 계속되었다.

그러던 어느 날 그 학부모가 옆 반 담임 선생님에게 연락해 왔다. 결론을 내야겠다는 결심을 한 아버지가 강하게 추궁하자 그 학생이 그동안 거짓말했던 것을 이실직고했다고. 학부모는 죄송하다고 했다. 그게 끝이었다. 아…. 처음에는 진실이 밝혀져서 정말 다행이었다. 하지만 마음의 상처는 쉽게 사라지지 않았다. 학생들을 믿을 수 없게 되었다. 나는 이와 같은 일들로 소진되었고 마침 시기가 맞아서 육아휴직을 했다. 스물아홉 때 노량진에서 친구에게 했던 말이 다시 떠올랐다. 6 · 25 난

리도 아닌데 사는 게 왜 이렇게 힘들까?

가만히 있는다고
누가 정답을 알려 주나

"새벽이 밝아오는데 기상 시간은 정해져 있다.
내일로 가는 마지막 기차를 놓칠 것만 같아요."
- 장기하와 얼굴들 <기상 시간은 정해져 있다>

나는 30대가 마쳐야 할 인생의 과업(?)을 아직 마치지 못했다는 막연한 불안감을 느끼고 있었다. '내일로 가는 마지막 기차'를 간신히 잡아타고 나니 40대였다.

휴직은 숨 가쁘게 보낸 나의 30대에게 주는 선물 같은 시간이었다. 출산 후 임용고시 공부를 하고 첫 학교에서 적응하는 동안 내 남은 체력은 바닥이 났다. 젊은 20대 선생님들은 전날 아이들과 땡볕에서 물총놀이를 몇 시간 해도 다음 날 짱짱했지만 나는 아니었다. 황새 따라가려다

가랑이 찢어진다고 나는 골골대며 이 병원 저 병원을 전전했다.

당사자인 나도 힘들었지만, 뒷바라지를 해 줬던 남편도 힘들었을 것이다. 결혼하고 바로 임신과 출산을 했기 때문에 신혼이라고 할 만한 시간도 없었다. 출산과 육아, 임용고시, 맞벌이로 이어지는 고된 시간을 함께 보낸 남편과는 전우애 비슷한 감정이 쌓였다. 나의 휴직 후, 그동안 고생했던 남편도 자신을 위한 시간을 갖도록 했다. 남편은 그동안 배우고 싶었던 것을 배우기 시작했다. 엄마와의 시간을 충분하게 보내지 못한 딸은 항상 엄마가 고팠다. 그동안 열심히 공부하고 열심히 일했던 나는 휴직 후 가족과 함께 시간을 보내고 쉬기로 했다. 우리 가족 모두에게 휴식이 필요했다.

휴직 후 제일 먼저 시작했던 것은 운동이었다. 해야 한다고 생각했다. 체력을 키우지 않으면 직장과 가정을 모두 지킬 수가 없기 때문이다. 임용고시 공부를 하는 동안 필라테스를 2년 배웠지만, 몸치인 나는 도무지 감을 잡을 수 없었다. 3개월 다닌 수강생이 쉽게 하는 자세도 나에게는 어려웠다. 어느 날 필라테스 강사를 따라서 자세를 취하다가 삔어 버리고 말았다. 허리가 잘못된 건지 팔다리는 움직일 수 있었지만 일어날 수가 없었다. 원장님은 누워있는 내 몸을 마네킹처럼 이리저리 움직였고 그러고 나니 다행히 일어날 수 있었다. 원장님이 명의인가 싶었다.

내 몸은 유연성과는 거리가 멀다는 것을 뼈저리게 느끼고 결국 필라테스를 포기했다.

나이가 들수록 근력을 키워야 한다고 생각해서 헬스를 시작했다. 뭐든 열심히 꾸준히 하는 것은 자신 있는 나는 헬스장을 닫는 날을 제외하고 매일 1시간 30분 동안 근력운동을 했다. 1년 반쯤 계속 운동했더니 고관절과 무릎이 안 좋아졌다. 더 이상 헬스를 할 수 없었다. 나중에 PT를 받았는데 헬스트레이너가 이렇게 말했다.

"그렇게 매일 근력운동 하면 몸이 망가질 수밖에 없어요. 하루씩 걸러서 해야죠."

'성실한 것도 안 좋은 경우가 있구나.' 하는 생각이 들었다. 고관절과 무릎에 무리가 가지 않는 운동을 해야 했다. 운동치료 선생님도 운동을 꼭 해야 한다면 그나마 수영이 제일 낫다고 하셨다.

그다음은 수영 배우기에 돌입했다. 나는 8개월 동안 주 5일 강습을 받았다. 빠지지 않고 열심히 하는 나에게 수영선생님은 말했다.

"엄청 열심히 하는데 몸이 안 따라 주네."

수영을 배우고 나서부터 물에서 유유히 헤엄치는 물고기를 보면 그 유연한 움직임에 감탄하며 부러운 마음이 든다. 지느러미도 없는 내가 중력에 맞서 물 위에 몸을 띄우는 일은 역시 만만치 않았다. 특히 평형을 하면 고관절이 아파서 한동안 수영을 못하기도 했다. 요즘도 가끔 수영장에 간다. 이제 배영 하나는 편하게 할 수 있다. 물 위에 둥둥 떠 있다 보면 잡념이 사라지고 마음이 편안해진다. 하지만 지금도 나에게 딱 맞는 운동을 찾지 못했다. 운동이란 나에게 '고군분투' 그 자체이다.

삶을 풍요롭게 살려면 악기를 배워야 한다고 생각해서 초등학교 때 몇 년 배우다 말았던 피아노를 배웠다. 나의 성실함은 피아노를 배울 때도 발휘되었다. 주 5일 피아노학원에서 레슨을 받고 1시간 이상 피아노를 쳤다. 원장님께서 성인들은 6개월 이상 배우는 경우가 드물다고 하셨다. 나는 2년 동안 꾸준히 배웠다. 초반에는 내가 좋아하는 곡들을 연주할 수 있게 돼서 만족감이 컸다. 그러나 진도가 나갈수록 곡은 어려워졌고 머리로는 이해해도 손이 굳었는지 내 맘 같지 않았다. 피아노학원을 그만두고 나서는 피아노를 거의 치지 않고 있다.

이때의 나는 쉬어 본 적이 없어서 어떻게 쉬어야 할지 잘 몰랐다. 열심히 일해 왔던 것처럼 쉴 때도 계속 무언가 해야 한다고 생각했다. 필라테스, 헬스, 수영, 피아노. 참 여러 가지를 배우려고 노력했다. 어찌 보면 시행착오로 생각될 수도 있는 시간이었다. 그렇지만 지금 생각해 보면 다양한 것을 시도했던 이 시간이 나를 찾아가기 위한 과정이었기 때문에 쓸데없이 고생했다고 생각하지 않는다. 가만히 있는다고 누가 정답을 알려 주지는 않기 때문이다. 나를 위해 무언가를 한다는 자체가 의미가 있다.

『김미경의 마흔 수업』에서 김미경은 마흔의 삶이 뭐 하나 제대로 된 게 없고 너무 보잘것없었다고 한다. 가진 것은 오직 수많은 도전과 실패의 경험뿐이었다. 그러나 당장은 쓸모없어 보여서 실패 창고에 쌓아 두었던 많은 경험과 노하우가 지금의 그녀를 만든 것이 아닐까? 휴직 후에 나는 실패 창고에 차곡차곡 실패의 경험을 쌓아 갔다.

이제 내가 원하는 방향으로 내가 원하는 방식으로 열중할 차례

"당신이 가장 좋아하는 일을 할 때,
그 일이 곧 당신이 누구인지를 말해 준다."

- 제프 베조스

누가 나에게 이 세상에 태어나 한 일 중 가장 잘한 일은 무엇이냐고 질문한다면 지체없이 대답할 수 있다.

"아이를 낳아서 키운 일이요."

한 아이를 낳고 키우면서 성장을 지켜보는 일은 더없이 소중하고 행복한 일이었다. 내가 이렇게 사랑스러운 존재를 낳았다니…. 이 작고 연약한 존재를 돌보기 위해 내 모든 신경은 아이에게 향하고 있었다. 그렇지만 육아에 집중하다 보니 어느새 '나'는 없고 'OO이 엄마'만 남은 듯해서 뭔가 허한 건 어쩔 수 없었다. 아이가 좋아하는 음식, 캐릭터, 장소 등은 바로 말할 수 있었지만 내가 좋아하는 것이 무엇인지 질문을 받으면 잘 떠오르지 않았다. 신라면과 매운 떡볶이를 좋아하던 내가 매운 음식은 입도 못 대는 사람이 되었고 드라마를 좋아하던 내가 퀴즈프로그램을 보고 있었다. 아이에게 나를 맞추다 보니 나를 점점 잃어버렸다. 나는 어떤 사람이었지? 나는 뭘 좋아했더라? 답하기 어려웠다. 내가 나를 모른다니 참 이상했다.

그즈음에 본 영화가 〈퍼펙트 데이즈〉였다. 초반에는 대사도 거의 없어서 마치 다큐멘터리 같았다. 도쿄의 화장실 청소부인 히라야마는 매일 반복되지만 충만한 일상을 살아가고 있다. 아침에 눈을 떠서 세수하고 작업복으로 갈아입은 후 캔커피 하나를 뽑아 청소도구를 잔뜩 실은 용달차에 올라탄다. 듣고 싶은 카세트테이프를 밀어 넣어 올드팝을 듣는다. 청소를 맡은 화장실에 들어가서 남다른 세심함으로 청소를 마친다. 점심시간에는 공원에서 도시락을 먹고 필름 카메라로 사진을 찍는다. 일을 마치고 동네 목욕탕에 가서 목욕하고 단골 식당에서 저녁을 먹으며 야구를 본다. 집에 돌아오면 헌책방에서 산 책을 읽다가 잠이 든다. 단순한 일상을 보여 줄 뿐이었지만 나를 찾아 헤매던 나는 장면 하나하나에 가슴이 벅차고 마음이 두근거렸다. 나는 나의 시간을 살고 있는가? 하루 중 아주 잠깐이라도 오롯이 나만을 위한 시간을 보내고 있는가? 단조롭지만 자기 자신의 삶을 살아가고 있는 주인공을 보면서 일이나 육아를 하기 전의 나는 어떤 사람이었나 떠올려봤다.

중학교 1학년 때였다. 국어 선생님은 글쓰기 수업을 많이 하셨다. 수업 시간마다 다른 주제를 주고 글을 쓰도록 했다. 원래 수업 시간에 성실하게 참여하는 편이긴 했지만, 글쓰기 시간에는 더 열심이었다. 그 당시 나에게 글쓰기 시간은 해야만 하는 공부 시간이 아니라 내가 스스로 채워나가는 성취감이 있는 시간이었다. 생각해 보지 않았던 주제에 대해 고민하느라 턱을 괴고 벽을 응시하거나 눈을 이리저리 굴려 가며 한 자 한 자 써 내려갔다.

"이제 다 쓴 사람 발표해 볼까?"

선생님의 한마디에 얼른 팔을 쭉 뻗는다. 일어서서 읽는 건 좀 쑥스러웠지만 읽기 시작하면 내 세계가 시작되었다.

이십 대 때 나는 좋아하는 노래가 생기면 한 달도 넘게 계속해서 매일 듣는 사람이었다. 몇몇 극장에서만 개봉하는 영화를 2시간이 걸려 찾아가서 보곤 했다. 친구들이 음주가무를 즐길 때 길가에 핀 꽃 이름을 궁금해하며 도서관에 가서 읽을 책을 빌렸다. 자전거를 타면서 느껴지는 바람의 감촉을 좋아했다. 입에서 김이 나오는 추운 겨울에 하는 노천온천을 즐겼다.

"나도 글 쓰는 거 좋아했었는데…."

정선애 작가의 카톡 프로필을 보다가 나도 모르게 중얼거렸다. 작년 6월, 부가세(부부 작가의 세계: 부부 작가 두 분이 이끄는 글쓰기 모임)를 처음 알게 된 순간이었다. 나는 곧 어떻게 모임에 참여할 수 있는지 물었고 지금까지 부가세를 함께하고 있다. 부가세는 정해진 책을 읽고 나서 함께 이야기를 나누는 모임이다. 좋은 책을 읽었을 때는 뭔가 쓰고 싶어졌다. 공감되는 부분을 몇 번이고 읽으면서 내 생각을 책 구석에 메모하기도 했다. 나만의 네이버 밴드를 만들어서 내 생각을 정리하기도 하고 기억하고 싶은 것을 쓰기도 했다. 쓰고 싶은 것을 쓰는 그 순간에 나는 살아 있었다.

그중 가장 기억에 남는 책은 『아티스트 웨이, 마음의 소리를 듣는 시간』이다. 처음엔 제목부터 부담스러웠다. 아티스트라니, 나랑 별로 상관없는 얘기인 것 같았다. 점점 뒤로 갈수록 아티스트가 꼭 유명한 작가에게만 해당하는 말이 아니라는 생각이 들었다.

모닝 페이지[3]로 인해 불면의 새벽을 마냥 원망스럽게 여기지 않게 되었다. 잠이 안 오면 글을 쓰면 되고 그 시간은 나 자신을 직면하는 소중한 시간이었다. 잠에서 깨서 다른 것들이 내 생각에 침투하기 전에 나는 나와 이야기를 나누었다. 지친 나에게 슬퍼하는 나에게 의기소침한 나에게 말을 걸어 주었다. 때로는 잘 버텨 온 것을 기특해 하고 지혜로운 선택을 한 자신을 칭찬했다.

아티스트 데이트[4]는 나에게 생소한 개념이었다. 주기적으로 나만을 위한 혼자만의 시간을 갖는 것은 거의 해 보지 않았던 일이기 때문에 낯설었고 지금도 좀 어렵다. 그런 나에게 '일상에서 하는 아티스트 데이트란 이런 것이구나.' 하고 깨닫게 했던 영화가 바로 앞에서 말했던 〈퍼펙트 데이즈〉이다.

주인공은 점심시간에 공원에서 간단한 식사 후 필름 카메라로 '나뭇잎 사이로 비치는 햇빛'(코모레비[5])을 찍는다. 다 똑같아 보일 것 같은 사진을 매번 찍어서 주말이면 사진관에 가서 현상한다. 나뭇잎 사이로 비치는 햇빛은 순간이고 주인공은 그 순간을 소중히 여겨서 매번 사진을 찍

3 아침에 일어나 의식의 흐름대로 생각나는 것을 적어 가는 것으로 창조성을 회복하는 도구
4 매주 한 번씩 흥미 있거나 관심 가는 무언가를 혼자 해 보는 모험
5 木漏れ日(こもれび) '나뭇잎 사이로 비치는 햇빛'이라는 뜻을 가진 명사

는다. 인생은 매일매일이 비슷해 보여도 완전히 같지 않고 순간순간 소중한 것처럼.

매일 반복되는 일상에서 자신에게 집중하며 삶을 만끽하는 히라야마의 모습은 내가 앞으로 어떻게 살아야 할지를 보여 주었다. 요즘은 일찍 일어난 날 혼자 아침 산책을 한다. 푸르르 푸르르 풀벌레 소리와 구수한 멧비둘기 소리에 귀를 기울인다. 아무도 없는 동네 숲을 걷다가 바람이 지나가는 길을 발견하기도 한다. 참하게 내려 빗은 머리칼 같은 뒤통수에 밤색 몸통, 푸른 잿빛 날개가 단정한 곤줄박이 친구들을 만나는 날도 있다. 이런 날은 자연으로 나를 위로하시는 하나님을 만난다.

뭔가 이뤄 내기 위해 달음박질치던 시절도, 육아에 몰두했던 시간도, 나 자신을 찾아가는 지금도, 나뭇잎 사이로 비치는 햇빛처럼 값진 순간이다. 그 모든 열중하는 순간이 쌓여서 나라는 사람을 만든다. 이제 내가 원하는 방향으로 내가 원하는 방식으로 열중할 차례다.

하루하루

매일 비슷해 보여도

완전히 같지 않고

순간순간 소중하다

나뭇잎 사이로 비치는 햇빛처럼

에필로그

흔들리고 헤매도 당신은 여전히 빛나는 사람입니다

마흔쯤 되면 인생을 통달할 줄 알았는데 전혀 아니었어요. 중년이라는 이름표에 책임감을 짊어지고 외롭고 긴 여정을 뚜벅뚜벅 걸어갈 뿐이었죠. 이제는 연로하신 부모님과 아직 어린 자녀, 양쪽을 돌보느라 자신을 돌보는 일은 뒷전이 됐습니다. 이리저리 휘청거리며 '바쁘다 바빠'를 입에 달고 살았죠.

그 치열함 속에서 만난 우리는 마흔의 이야기를 기록하기로 결심했습니다.

'쓰면 뭐가 달라지나, 뭔가 특별한 걸 이룬 사람만 쓰는 게 아닐까?'

오랫동안 가졌던 편견의 벽이 산산이 부서졌어요. '마흔'이라는 소재

로 각자의 인생 이야기를 써 보기로 결심한 날부터 우리의 일상이 변하기 시작했습니다. 그동안 내가 어떻게 살아왔는지, 무엇을 향해 걸어가고 있는지. 깊은 생각에 빠지기도 하고 머리를 싸매며 허우적거리기도 했습니다.

하지만 글을 쓰면 쓸수록 우리 마음에 작은 치유가 일어났어요. 날 것 그대로 내 삶을 고백하느라 힘들었던 시간도, 글을 썼다 지우기를 반복하며 고민했던 시간도 값진 선물이 됐습니다. 평범하지만 소중한 우리 이야기를 통해 흔들려도 괜찮다고 응원하고 싶었습니다. 그런 생각들이 차곡차곡 쌓여 이렇게 책을 출간하게 되어 감격스러워요.

쓰면 삶이 진짜로 달라집니다. 내 삶이 의미 있고 소중하다는 걸 가슴 깊이 깨닫고 앞으로 나아갈 힘을 얻습니다. 이렇게 좋은 변화를 함께하고 싶어요.

이제 여러분 차례입니다.

부부 작가의 세계를 운영하면서 정말 행복했습니다. 반짝이는 눈으로 부가세 모임 가야 한다고 말하는 회원들을 볼 때마다 흐뭇했어요. 좋은 사람들과 책을 읽고 소통하는 시간이 기다려졌어요. 마음속 근심을 털어놓고 서로 공감하고 위로하면서 손수건을 흠뻑 적실만큼 눈물이 나곤 했죠. 성장하는 모임의 힘을 느끼는 값진 시간이었습니다.

책이 나오기까지 애써 주신 부부 작가의 세계 회원들과 미다스북스 편집팀에게 진심으로 감사드립니다. 삶을 사랑하고 다시 꿈을 꾸는 여러분을 온 맘 다해 응원합니다.

마: 마법 같은 하루가 시작됐다.

흔: 흔들리던 마흔이 책을 만난 지금, 이 순간!

눈부신 내일을 꿈꾸며
정선애